当代作家精品

# 岁月静美　端坐如莲

张秋月 著

民主与建设出版社
·北京·

© 民主与建设出版社，2022

**图书在版编目 (CIP) 数据**

岁月静美　端坐如莲 / 张秋月著 . -- 北京：民主与建设出版社，2022.8

ISBN 978-7-5139-3906-5

Ⅰ.①岁… Ⅱ.①张… Ⅲ.①散文集—中国—当代 Ⅳ.① I267

中国版本图书馆 CIP 数据核字（2022）第 128877 号

**岁月静美　端坐如莲**
SUIYUEJINGMEI DUANZUORULIAN

| | |
|---|---|
| 著　　者 | 张秋月 |
| 责任编辑 | 周佩芳 |
| 出版发行 | 民主与建设出版社有限责任公司 |
| 电　　话 | （010）59417747　59419778 |
| 社　　址 | 北京市海淀区西三环中路 10 号望海楼 E 座 7 层 |
| 邮　　编 | 100142 |
| 印　　刷 | 三河市同力彩印有限公司 |
| 版　　次 | 2022 年 8 月第 1 版 |
| 印　　次 | 2022 年 10 月第 1 次印刷 |
| 开　　本 | 710 毫米 ×1000 毫米　1/16 |
| 印　　张 | 14 |
| 字　　数 | 200 千字 |
| 书　　号 | ISBN 978-7-5139-3906-5 |
| 定　　价 | 49.80 元 |

注：如有印、装质量问题，请与出版社联系。

# 前言

王波

　　记得和一位文人争论过，在当今金钱当道、物欲纵横的年代，文学精神的力量在哪里？我认为张秋月用事实回答得很好。一位事业单位退休的农村科技干部，孜孜不倦地爱好文学，几年的时间，洋洋洒洒地从笔尖里流淌 20 几万热辣辣让人流泪感叹的文字，在《新华书目报》《散文百家》《吉林名人》《辽宁青年》等这些国家级、省级报刊上频频发表，在吉林省通化地区迅速传开，一时间当地洛阳纸贵，张秋月由作者、名作者，成为小有名气的女作家了。蓦然回首这些年，一路走过的雨雪风霜、充满苦累汗水的文学路，这里面的艰辛她自己知道，太阳知道、月亮清楚、黑夜里调皮眨眼的星星也一定清楚地知道每篇文章的来龙去脉。

　　张秋月称我是她文学之路的老师，我是不敢当的。初始张秋月言谈话语里我就觉得这个女人有灵性，而且形象思维、感情丰富。时间久了知道她信佛，爱宗教。张秋月说："我四岁失去母爱，父母的离异，给我心里埋下的阴影，无法抹去。没有母爱的我随父亲漂泊，度过了难忘的童年；我像一株孤芳自赏的野百合，经历了孤独磨难，忍受了无奈和心酸，倔强地成长起来。思念母亲是我一生的心结，但是我心里一直充满活力与希望，坚韧和恒心，终于等来了春天。我没办法选择起点，但是在征服命运中拔高了终点。"她的父亲，既当爹、又当娘，一手把她拉扯大……这些都是她坎坷的人生路，再有她宗教似的写作，有一颗感恩的心，偶然爱上文学、走上文学路，在如今知识文化普及，大学生、写作者多如牛毛，文学之路的独木桥狭窄、拥挤的不利客观世界……这些所有的偶然因素加在一起，成功就是她的必然了。就像作者叙述的"寂寞流年，沉淀指尖的仍然是温暖的回忆——那是用酸甜苦辣一点点串起来的温馨，带着爱和感恩时时萦绕心头。苦乐参半的经历，浓缩了我人生的亮点，我把在世间所行走的一切，一生经历倾诉在纸上留给岁月：我曾经这样走过……"

啰里啰唆了这么多还是说说她的文学作品吧。张秋月的文集里大多数是散文随笔，我都比较喜欢。

《一捧雪花儿的记忆》写的是父母离婚给她带来一生的痛。这里没有说清父母离婚的原因，四岁的她也不可能知道，但是她聪明地写父亲、母亲对她的爱。父亲终于百般努力地把她的抚养权争夺过来，母亲尽管失去了抚养权，但也发疯似的抢夺眼前的女儿，自己的亲生骨肉。作者回想当年父母离婚的不幸时，记住的仍然是父母对自己深深的爱……

《锁忆我的小表弟》写的是寄住在姑姑家和小表弟一起玩耍的姐弟情，写偷吃饼干被姑姑掐得紫了嚎青的……"我也看过姑姑的笑脸，那就是爸爸回来的时候。爸爸把一沓钱给姑姑，姑姑的脸，就像院子里盛开的菊花。那些天，看她的嘴唇都是上翘的，脸上的横肉，也不知道躲到哪里去了，和我说话也面带笑容。这件事发生以后，姑姑更是防贼一样地防着我，饼干再也不放炕琴里了。我在她眼里，也成了手脚不老实的丑小鸭。"小表弟看到我身上被他妈妈掐得一块块青，眼里有了另外的情绪。他摸摸我被掐的地方："还疼吗？"我点点头，他用嘴轻轻地吹吹说："不疼了吧？""嗯"，我答应着。从此他每次吃饼干，只要姑姑不在家，他就会偷偷地给我一块。然后他用眼睛给我站岗。还告诉我："快吃！一会儿我妈该回来了。"我快速嚼着饼干，看着表弟，感觉这一刻，表弟真好。特别是小表弟偶然溺水后，姑姑的变化写得特别好。"姑姑变了，过去姑姑家的东西很少借人。自从表弟没了以后，谁家有事需要，她都主动帮忙，特别是谁家孩子发烧感冒，拉肚子，姑姑知道了会把药或者偏方给拿去。从表弟走了以后，姑姑对我说话，就像对表弟说话那样温和；就是尿炕也不骂我、掐我了。"在这里作者反正面的写，把人的自私、人性的善良写得入木三分、淋漓尽致。

《散开的羊角辫》写作者小学三年级的时候，自己扎得像秋千似的两个羊角辫开了，美丽极了。她的偶然挡住了一个男同学的路，被这个调皮的男生一把揪开了。作者很委屈，离开娘的孩子早当家，从来都是干净朴实利索的小姑娘一下子感到很委屈……老师看到了，亲手给她梳起羊角辫，小姑娘一下子找到了有妈妈的感觉……

《心井》写的是作者初恋的朦胧情愫。《残缺中盛开无憾的花》写的是自己生儿子的感受，作者不但知道了做母亲的滋味，而且还感恩婆婆……

看了张秋月的文集后，亲情、爱情、友情、田野、乡村……在她的笔下充满了爱、美好、善良……她在感恩天、地、人、社会……综观张秋月的写作，童年视觉、怀念父亲母亲、故乡，张秋月终于充满信心走进了文学的大门。下一步还要思想自己的精神世界。

既然为师，还是说说不足吧！总感觉张秋月把有些散文写得像小说，情景太巧妙。总感觉张秋月把散文写得太满……巴金说：我只想说明一件事情：一个人必须先有话要说，才想到写文章；一个人要对人说话，他一定想把话说得动听，说得好，让人家相信他。每个人说话都有自己的方法和声调，写出来的文章也不会完全一样。

文学的路无边，前面的路很远。文学是基础，作家是杂家，得学习熟悉历史、地域、民俗、民风、民族……真正的较量在思想上。

写到这里由衷地为作家张秋月感到高兴，感觉这些年张秋月在文学的路上不是在走、在跑，而是在乘着风、挟着雨在飞，很快地就在自己的文学林地里播种、施肥，小树已长高，蓝天、白云、迎着太阳、风中点头微笑，变粗长高……

王波——中国戏剧家协会会员、中国戏剧文学学会会员、吉林省作家协会会员、国家二级编剧，曾任职多家杂志社任总编助理、副总编辑，现供职于北京一家杂志社。被《新华书目报》《世界文化》杂志聘为专栏作家。2011年纪实文学《铸就辉煌——杨靖宇将军的最后岁月考及感怀》获"全国政协建党90周年征文"三等奖；小说《珍贵的挂历》荣获中国当代作家当代文艺优秀奖并于1995年9月被中国当代作家代表作陈列馆收藏等；散文《茫茫夜空闪耀着——星》获《散文百家》杂志二等奖；他的名著长篇历史小说《努尔哈赤后宫秘史》被国家现代文学馆收藏。

## 序一　多么近的人间，多么暖的尘埃

朱成玉

张秋月大姐，我喜欢叫她静秋姐，她也喜欢我这么称呼她，说这个新潮，不像自己的名字，土得掉渣！谁说土不好？土有土的美感，那是多么近的人间，多么暖的尘埃！

静秋姐是金手指写作网校的短期学员，虽然学习时间不长，但给我留下很深印象，因为她有一颗火一般滚烫的钟情文字、热爱生活的心。那些文字里，更多的是对亲情的怀念，对逝去时光的眷恋，以及对美好的平凡事物的热爱。鲜活的描写让那些场景重新站在我们面前，不自觉地跟着它们奔跑和嬉戏，我们的神思，一会儿就爬了树，一会儿就下了河。

看看这些接地气的鲜活的文字——

泥土像黑缎子般闪亮，我想那里有我的汗水，所以才那么黑亮的吧！我捧起一把泥土放到鼻子下，一股清香沁入心扉。地下的小虫在土壤里兴奋地翻滚着，我仿佛听到它们咬碎泥土的声音。树上的小鸟叽叽喳喳，相互打赌着哪一个枝头的苞蕾最先开出花来。

……

每年开春翻完地，我都把鞋脱掉，光着脚丫钻到新鲜的泥土里，就像蚯蚓回了家。

——《春天，大地在酿一坛美酒》

家乡的土井是用石头垒起来的。年久了，井周围石头上长满青苔，好像井的眼睫毛。冬天会从井口里升起缭绕的白雾，在清晨白雪的映照下，如朦胧中一朵盛开的雪莲……

井旁有棵歪脖子柳树，它拼命往井这边长，总想与井亲近，一旦它能触摸到井沿了，人们就残忍地用镰刀把它斩断。所以它总是与井遥遥相望。仿佛两个相爱的人，被施了咒语，爱着却又无法相拥。

——《心井》

北方的冬天，雪和万物都在沉睡。秋皮大峡谷的雪，像仙女舞开的长袖，覆盖着峡谷。当人们走过，长袖仿佛印上梅花鹿的脚印，让大峡谷的冰雪世界，更显妩媚。

数个冰峰像扇子打开，把山峰点缀。一座瀑布，就是一座冰峰。瀑布四季喷洒，水流不急不缓。无数个水珠昼夜不停地落下溅开叠加，遇到了冷气被催眠般睡下，成了一座冰峰。由于瀑布没有污染，结成的冰峰格外晶莹剔透，像个睡美人，都不忍破坏它的宁静。她又像一块美玉静卧峡谷，白得纯净，白得凝练，拍照时小心翼翼生怕弄脏了它。

——《冰是火的衣裳》

春雨把大地润活，万物把春天打翻，桃花最早把自己的妖娆写在春天的信笺上。桃树上的小骨朵不安分地冒出来，露着红嘟嘟的小唇，像抿嘴含笑的小姑娘，欣喜地互相簇拥着，你推我让羞答答，谁也不肯第一个露出笑脸……

柳树不甘示弱，不管不顾地把枝条放开，在春天抢先占一席位子。慢慢地把柳芽催开……

——《春天的信笺》

静秋姐的一生是一首曲折的诗。童年是辛酸的，四岁时因为父母离异而失去母爱，从此像游击队队员，四处打游击，断断续续上了几年学，临毕业那年赶上"文化大革命"，父亲被诬有历史问题而挨批斗。后来草草成了家，晚年的时候，老公患了脑血栓，18年来，一直由她照顾着。

这样一个人，没有泯灭心中那份对文学的热爱，她让我心生感动，人需要有一种精神的支撑，一旦失去这种精神，就没有了活力，这就是僵硬！心若是僵硬了，就长不出草，也开不出花了。所以静秋姐懂得，要给僵硬的心松松土！她是个质地柔软的人，命运却很少眷顾她。她并无太多怨怼，以柔克刚，用她的优雅应对着命运的摆布。

静秋姐是一个多愁善感的人，也是一个热心肠的人，也是一个在朋友们看来很"傻"的人，经常听到她说起被骗的事，不是被这个骗了几百电元话费，就是被那个借了钱不还。都说吃一堑长一智，可是她总是不长教训，那些无良的人在她身上不断上演着一幕幕恶作剧。究其根本，是因为她的本心实在太过善良。她的文章里也随处可见这种善良的悲悯之心——

一对儿不知名的小鸟在枝头秀着恩爱，一只鸟找到一块儿面包屑，赶紧飞到伴侣身边喂给它吃。万物都有情啊！一个蹒跚学步的孩子东倒西歪地跑起来，妈妈没反应过来，孩子已跌倒，哇地一声哭开，一个晨练的老人马上抱起孩子，哄着孩子不哭；一条蚯蚓不小心打了个滚，滚到了水泥地面，扭动身体想回到泥土里。可怜的它，一切努力都是徒劳，一个小女孩走来，用一个小木棍挑起它放到草丛里。这一刻，我触摸到最真实的春天。

——《春天的信笺》

每个人的心，都不是天然的绿洲，总会有荒漠，总会有僵土，需要你每天抽出一点时间来，在心上放点鸟声、放点诗意，放点绿色、放点芬芳。心不僵硬，才有可能在春天种下一些美好。比如诗篇，比如月光，比如一坛芳醴；心田柔软，才有可能在秋天收到一些恩赐，比如纯净，比如善良，比如半世痴爱。

这些，静秋姐做到了，但愿她的文字，可以为她的生活添一份璀璨之光。

是为序。

朱成玉——《读者》《特别关注》签约作家，教育部"十一五"语文课题组专家。其文章作为现代文阅读题近百次入选各地语文考试卷，更有文章入选全国高考语文试卷现代文阅读；多篇文章被《读者》杂志评为"最受读者欢迎文章"。

## 序二　月儿正圆

高云阁

去年底,月儿像平常一样与我在微信聊天。正有一句没一句地聊着时,突然一行字蹦出来:"我要出书了!"这一行字,像一只小鸟,穿过屏幕飞到我眼前。我没回复,而是直接拨打了她的手机……

出书,对于我们这些视文字如情侣的写作者来说,的确是一件盛大的喜事,那就是圆了自己一个人生大梦。

认识月儿缘于文学。她对文学的那种执着,令我暗暗惊讶,同时也心生敬意。60好几的人,说要学写文章,并要从学拼音、学上网、学"一指禅"打字开始,恐怕连她自己都难以相信是否会坚持下去。但是她坚持下来了,而且坚持得很好,让我们这些早她几年写字的人汗颜。用王波老师的话说,她不是在走、在跑,而是在乘着风、挟着雨在飞!

读月儿的文字,你会时时被她出奇的想象力折服:"茫茫山野,像绿色的波浪起伏连绵,初夏把春的内衣撕开,露出大自然的胴体。这纯纯的绿把大山笼罩,我被大自然的清爽和满眼的绿喂得饱饱的……"

读月儿的文字，你会被她散发出的思想光芒而震撼："夜给人们智慧、顿悟、美感。夜隐在时间的车轮里，从春转到夏，夏转到秋，秋转到冬。不知不觉把小伙黑发漂白发，把姑娘桃花般的脸捻转出皱纹。"

　　读月儿的文字，你也会被她的柔情搅得时时心动："好像只是一瞬间，儿子就离开我的摇篮。多怀念他在我怀里像个小牛犊吃奶，多想他把尿洒在我身上，那种热乎乎的感觉再重温一遍。"

　　与月儿在一起，你是轻松的。她说自己是一个"口无遮拦"的人，一根肠子看到底，心里想什么，脸上就表现出什么，嘴里就吐出什么。当她意识到自己的口误或者不妥时，那种潜藏的害羞，会让她边笑边不自觉地做出伸手要打对方的架势。我们不定哪个好友就会说：看我家月月，像个女孩似的，脸都红了。这样一说，她也就真的像个女孩样高兴起来。

　　与月儿在一起，你是温暖的。她虽然总说自己心粗，不会关心人。实际上，在她周围的朋友，没有一个不得到她的关怀。无论你是生病或是有难心事，她都会第一时间送上问候和心意。她给人的温暖，还有来自你拒收不得的这礼物、那礼物。这种"无奈的温暖"，常常像冬日里的暖阳，在你似冷非冷的时候，不着痕迹地温暖到心里。这时候，她就不是"小月月"了，而是一位真正的长者，一只抱窝的"老母鸡"，一个辛勤温水斟茶的"执壶人"。

　　月儿的心事，总会在夜里向人倾诉。她知道，只有无人的夜能够容纳她的心事。这时候，她也不再是我们的"小月月"，她把母亲的幻影，融进了夜里，对母亲的思念也融进了夜里。所以，她对夜的解读也便入木三分：

　　"夜进入房间，悄悄地伏在餐桌，伏在被上，伏在客厅。它不怕人们鼾声打扰，不怕厨房剩菜剩饭的味道，静静地趴下。此时我闻到了夜的味道,听到了夜的声音,看到了无字的书。我融入夜的空灵,让这迷人的夜,浸润出动人的魂魄。"

我知道,月儿也喜欢月亮,但凡喜欢夜的人,哪有不喜欢月亮的呢?她的作品里常常会写到月亮。"我轻轻挪到窗前,捧起一缕月光,一手的柔和,沁满身心。若让我摘下满天的星辰,我愿选择明月。"

月儿对月的热爱,或许来自她的本名"秋月"。她说,很感谢父亲给她起了一个与秋与月有关的名字。秋,虽然让她有些伤感,但那是古代诗家因自己心境而过度渲染了秋的寥落。她对秋就很满意,春种秋收,有付出就有收获。何况还有仲秋那一轮明月照着呢。

月儿还有她另一份骄傲,她的朋友都是忘年交!她的"小朋友"们都与她同怀一颗心,愿意同她一起玩耍,并称她为"永远的小月月"……

高云阁——笔名:昀阁。女,汉族,吉林省集安市人。吉林省作家协会会员,吉林省民间艺术家协会会员,集安市作家协会副秘书长,集安市诗词学会会员,《吉林名人》研究会集安分会秘书长。2009年开始尝试文学创作,在《财政文学》《中国财经报》《参花》等国家、省、市文学刊物上发表作品五十余万字,体裁包括散文、古典诗词、小说、故事等。2017年出版散文集《户外眼》。

# 目 录

**第一辑　冬与春的交接**

初冬　002

第一场雪　005

雪花，童心，一起飞扬　008

冰是火的衣裳　011

一捧雪花儿的记忆　014

朵朵雪花寄情思　017

童年的冬天　020

在一起就是艳阳天　023

春天的信笺　025

春天，大地在酿一坛美酒　027

乾坤大湾锁乾坤　030

被秋宠爱的枫叶　033

鸭绿江畔秋韵浓　037

梦之江南　041

雨雾中的黄山　050

**第二辑　花事心语**

卑微处绽放的一株菊花　056

充满禅意的花　058

此花开尽更无花　061

低到尘埃的一朵花　064

风铃　066

路　070

没时间老去　073

每朵花都有悦人之美　077

相逢四月，不醉不归　080

以厚为富，以道为贵　084

忆雨　089

有爱就有家园　092

你过不来，我过去　095

小路与落叶　098

## 第三辑　记忆在深处生长

心井　102

那一年，岁月懂得　106

丢不掉的花手绢　110

红头绳　113

脚与鞋　116

蓝色时光　120

流淌在岁月里的暖　124

摇曳的煤油灯　127

散开的羊角辫　130

晒秋　132

故乡的泥草房　134
偷　140
我与父亲　143
叶子对根的倾诉　156
带着乡音的小名，离我而去　161
琐忆我的小表弟　164
我的五伯父　169
孤独的苦照亮人生的路　176

## 第四辑　与明月有约

明月与云朵　182
静夜悄语　185
心灵与明月　188
夜色下，与它相遇　191
忏悔　194
坚守　196
感恩那份爱　198
"孺子驴"　202

后记　205

# 第一辑　冬与春的交接

## 初冬

　　天空灰茫茫，总感觉老天要把雪花攥下凡尘。然而几天了都是这样，雪仙子，不知道为什么姗姗来迟。是留恋虚空不肯下凡尘，还是惧怕大地？不下雪，就感觉冬天不像冬天。除了冷风吹来、树叶落地，看不出冬天的痕迹。

　　万物脱去多姿多彩的外衣，换上深色的保暖衣。生命是一片树叶，绿了枯了。万物都沉睡般静卧着。人们对四季的欣赏，往往就是春有百花、秋有月、夏有凉风、冬有雪，唯独初冬让人忽略。万物和人生一样，将生命分割成无数的段落，一季有一季的美丽，一季有一季的悲欢。每个阶段各有各的风采。

　　这一天，我和朋友相约登禹山。我们沿着郊区往山上走去，一阵寒风袭来，瞬间穿透棉衣。盘山道看不到对面，不时有人登山归来，也有少量的汽车缓慢行驶。山越来越陡，呼吸有点急促，我们的脚步也越来越沉重，汗也微微渗出，把寒冷攥出体外。走了一段时间，所有人的脚步都慢下来了。我喘着粗气，眼睛被石子堆起的小山吸引。那是用铁栏围成的古墓群，一块碑写着：洞沟古墓群。小石子像一颗颗珍珠镶嵌在古墓上。古墓上没有一棵杂草，看得出对古迹细心的保护。

放眼看去，山脉起伏，山上的树，就像衣裙的花边镶嵌在山头。万物都深藏起来，没一点张扬。当华美的树叶落尽，生命的脉络，才历历可见。光秃秃的树不卑不亢地矗立山上。只有松树不动不摇，我行我素地坚守着它的本色。尚未脱落的柞树叶子，黄黄的，像一朵朵盛开的花朵。有风吹来，一片片叶子从枝头飘然而下，如一枚枚岁月的书签记载着生命的轮回。张开双臂接一枚落叶在手，有感于四季的轮回。松树给这大山点缀上唯一的生机，落在地下的叶子给大地铺上黄灿灿的地毯，脚踩上暄腾腾的，比地毯还舒服。叶子虽然落地，但没有生命被遗失的痉挛，仿佛是安详静美的精灵。有风吹来它们又像一群毛毛狗跟在你的脚下奔跑。我突然惊叫起来："你们看啊，这几棵小草还这么绿？"还有一堆像广东菜似的绿绿的秆，带着叶子向外伸延。大家都很惊奇，难道是冬对它们偏爱？不，那是落叶把它们覆盖暂时躲过一劫，风把树叶吹走了，它也露出了真容。好幸运的小草啊，你又多活几日。

山变得骨瘦如柴，但不失它的母爱。它用裸露的胸怀，把万物如儿女般收拢怀里，让孩子静静地安眠，待到春暖时再把孩子叫醒。

初冬的山，色彩单一。虽然有点沧桑，但那是沉稳内敛的美。只有经历风霜雪雨、酷夏寒冬才能沉淀得让人敬仰。小草像贫血的少妇，在微风中无力地摆动，那是母亲把它的娇容收藏，为了明年更兴旺葱绿。万物都默默地收敛自己的锋芒储存待发。

几天前下了一场冬雨，山陡有点滑。我的旅游鞋迈一步一刺溜，仿佛在滑冰。鞋不给力，我只能借助手的力量，拽着身边裸露在外的树根和低矮的小树。我几乎是匍匐着，手脚并用地趴在大山母亲的怀里，一点一点地蹬在大地父亲的脊梁上，爬上了山顶。虽然累得汗淋淋气喘吁吁，但那是胜利者的喜悦！来到山顶我们兴奋地高呼："大山母亲我们来了！电视塔我们来看你了……"电视塔像冲天的脚手架岿然不动，它用电波把爱洒满千家万户。

突然，我发现一棵树杈上有一个很显眼的、淡淡的绿色桃形的东西，如蚕蛹般大小，下边有个牙签般大的小树棍，就像一个勺把，正好我用手拿着它。我给大家看：你们说这是花骨朵头，还是果子？有人拿过去费劲地才撕开：看到里边是一个虫卵，哦，原来是它给自己盖的房子。我一瞧后悔了，它得费多少力气、吐多少丝才把自己包裹得这么严实啊。我无意中破坏了它的家，它明年是否还会复活呢？我很内疚。

巍峨的大山与城区遥遥相望。从高处望去，高楼矗立、红瓦白墙格外显眼。公路上的汽车，如一个个甲壳虫川流不息，虽然听不见鸣笛，但足以想象它们的喧嚣。鸭绿江如一条朦胧的绸带，飘荡在小城这个丰腴美人的胸前。

小小的古城，在历史的长河里只是一滴水。那滔滔的鸭绿江水，承载着抗美援朝的鸭绿江大桥；高句丽王城、王陵贵族墓葬、好太王碑，以及有世界森林公园之称的五女峰，让这座"塞外江南"的小城，增添了独有的美誉，并闻名遐迩。这一切都沉浸在初冬里，我的心也如初冬般宁静。

## 第一场雪

雪，是一个害羞的精灵，趁着人们睡熟，悄悄地来了，好像要给人惊喜。当我拉开窗帘，漫天飞舞的雪花，一片两片无数片……就像打谷场上扬撒的稻谷，分不清个数，把天空占满。风助威，催促雪花加快速度，把天空搅得一片朦胧。这样子持续了一段时间，风累了，雪花逐渐变小、落得缓慢了。让人觉得有点疲惫到终点的感觉。这时两只麻雀不知从哪里飞来，与雪花一起落在树上。它们抖动树枝，雪花纷纷洒下。叽叽喳喳地告诉大家，快看，大雪把世界染白了。我盯住一朵雪花，没有一朵是垂直落下的。即便没有风陪伴，它也是左拐右拐地飘落；即便地心引力，也没能让它垂直洒落，就像人生从来没有笔直的路。

此时我有点失落，第一场雪我们准备踏雪去。要是大雪纷飞，穿梭在雪花里，那可是新娘新郎被撒上头花的感觉。地上虽然有半掌厚的雪，但没有身前身后雪花的陪伴，总有点遗憾。但是挡不住我们和第一场雪的约会。

一路踏着雪，没有雪拽裤脚的沉重感，雪轻飘飘的，没有大雪被踏上发出的吱嘎吱嘎声。也许天不太冷吧？雪花还没长沉实呢。我们来到鸭绿江边，对面山被雪覆盖得白茫茫一片。江边的阶梯被雪覆盖，像一条条洁白的哈达，从东扯到西，脚不忍踏上去，心里充满了神圣感。我在想：是这洁白让你不忍践踏，还是不忍打破这神圣的宁静？都有了。

　　来到鸭绿江边，江水清澈见底，鹅卵石被浪花冲洗得光滑；也许明年被哪个慧眼识得，它就是一块宝石，但千万别忘了还有雪花的功劳呢。

　　江水像一条长长的鞭子驱赶着浪花，一个撵一个地向前。它是岁月的鞭子，给人一种生命流动的感觉。野鸭在江面上空结伴飞翔，发出嘎嘎的叫声，给寂静的鸭绿江增添了活力。江面一对燕子蜻蜓点水般飞过。我们纳闷：燕子为啥没回南方？就那么自信能度过东北的寒冷吗？冬天你又靠什么维持生命？大家都担心着。文人的心都是柔弱的。稀稀拉拉的雪花又飘起，它从来不把自己看得那么重。它落入江中不着痕迹融化成了水，瞬间变成永恒。如果化验江水，能分出哪个分子是雪花的吗？它落入大地，没有分辨心地把自己交给了万物。春暖时把自己融化滋养大地。它就这样无私不求回报地做它该做的。人是不是也该有这精神呢？在任何群里都把自己当雪花融入，不着一点印迹。即便帮助他人，也别让人感到你的帮助，只要他好就是目的。原来雪花也具有佛性呢。

　　我们开始在江岸上拍照，小心翼翼不破坏雪的整洁，女士穿着带颜色的衣服，和脖上的红、粉、绿纱巾，色彩鲜艳分明，仿佛春天来了。一朵朵开在白雪上，就像走错季节的花儿。

　　打起雪球可顾不得雪地的完整了。我们抓起一把雪攥成雪球，互相抛打。有的打不到对方，偷偷抓把雪趁别人不注意，塞到脖子里再揉揉。被塞雪的人，清凉地抖动着双肩、缩着脖子、嘴张着，仿佛用哈气暖脖子似的。脸上的表情好像在说："你等着，不会饶过你！"塞雪的人得意扬扬地看着、笑着。我们和第一场雪玩了一上午。朋友说："第一场雪，请大家吃鱼宴。"大家喊起来"耶！"欢呼声把雪花呼唤回来，天空又开始飘起雪花。

　　刚告别最后一场秋雨，又迎来了第一场冬雪。我们不会忘记，今冬的第一场雪带给我们的欢快。在季节轮回中让人知晓，冬天来了，春天还会远吗？

## 雪花，童心，一起飞扬

　　黑夜来临，城市的夜，霓虹灯闪烁，灰白的天空，如幕布把星星隔开。只有这空荡荡的天，孕育着雪花儿撒下。是雪花儿把天空染白的吗？那谁又把雪花塑造得这么纯洁呢？天空的雾霾没把你污染吗？一尘不染的雪花儿啊，是虚空，把你这纯洁的天使，送给人间的吗？我望着满天的雪花询问着。

　　无风时雪花是自由自在的，雪花儿任自己的本性，一片两片，无数片，像一只只蝴蝶翩翩起舞；没有风的逼迫，每片雪花儿都陶醉在自己的舞姿里。一会在你的头上顽皮地落下，躲藏在你的发丝里；一会落在你的脸颊亲吻着，给你个滋润；一会落在你鼻子上轻轻地咬一口，凉凉的、爽爽的；一会调皮地落在你的眼睫毛上，给眼睛冲个凉，瞬间眼睛明亮起来。

　　不知什么时候雪花儿变成了雪粒，像打谷场上扬起的谷子，落下有了速度，打在脸上，有点沙愣愣微疼的感觉，那是清爽甜蜜的亲吻；雪粒给头发编织一个珍珠发套，在霓虹灯光下闪闪亮亮，那是大自然的赏赐。

灯光里的雪花，朦胧、潇洒，让你充满遐想……我任雪花雪粒随意地亲吻着。我陶醉在雪花的怀抱里，沐浴在雪的世界，心澄目洁。

突然一团雪球落到我头上，像礼花绽开，落在脸上、脖子上，忙低头把雪花抖落。我回头，一朋友笑嘻嘻地说：不是我打的啊，你快过来和我们玩雪球。我一看这场雪花战役，正打得天昏地暗。我抓起一把雪紧紧地握成团，看准一个不注意的朋友抛过去，自己感觉使很大劲，然而雪团到了他的身边轻轻地滑落下。我弯身又准备雪团时，一枚雪团又砸过来，从头落入脖子里，一股凉意沁入。我不知道谁打过来的，但我必须抓个垫背的。我打不准，改变战术，我握好一雪团不抛了，慢悠悠地来到一男士身旁，趁他不注意，放到他衣服领子里再揉一揉，那种感觉就像黑人篮球运动员一样，拿起篮球放到球网里，实实在在地和他的脖颈亲密起来。我美滋滋地笑着跑开了。这时雪团满天飞，像抛手榴弹似的，有的在空中炸开，有的在别人的身上开花；一个个雪团变成了雪蛋子，砸在脸上还真有点疼，但疯闹起来，顾不了这些。雪，在我们脚下吱嘎吱嘎地和我们一起欢笑着，路灯闪着迷人的眼睛看这群人疯着，雪团把手冰得红红的凉凉的，最后有点麻木。这感觉是这么熟悉，仿佛就在昨天，原来是童年玩雪的感觉。童心让我们兴致未尽地在雪地上奔跑、你追我赶，仿佛不把雪团打在别人头上身上，心不甘。有人不小心跌倒，雪团趁机纷纷抛来，女友会跑来互救；滚了一身的雪，就像堆积的雪人。有人滚一个大雪球，单手撑起，模仿王成，高喊：向我开炮！我们趁机把雪球抛在他的头上，一下中标，他头一歪，手举着的雪球一下砸到自己头上，从头至脸被雪淹埋。我们笑得前仰后合。这时一个八九岁的男孩挣脱妈妈的手，也想参战。妈妈说：这是大人在玩，你还小不能和他们一起玩。孩子说：不是的，抛雪球是我们小孩玩的。妈妈笑呵呵地说：这些人都是大顽童啊。孩子没听妈妈的话，抓起一团雪抛过去。我说：来小朋友，上我们这边，向男的开战。孩子乐颠颠地和我们一起玩起来。我注意到孩子抓起一把雪，并不是抛向谁，而是向空中撒去，雪落到他头上，他开心地笑着，晃晃头，抖落雪花，继续自己扬撒着雪，自我陶醉着。此时我就像看到了全部童年，那一时光一去不复返。只有孩子希望早点长大，我多希望回到孩童的今天，无拘无束自我陶醉地玩耍，乐在其中。成年人即便玩也带着目的，蜕变的硬壳遮盖了童真，是永远回不去的昨天。纷纷扬扬的雪陪伴着我们，雪地留下凌乱的脚印，像一群野狗在此地疯闹过。

  人生走得久了，需要适当地停下来，清扫一下被尘世沾染的灰尘；把疲惫和凡事放下，一身轻回归到大自然里，找回童趣疯玩一场。当我们全身心投入雪花世界里，忘记凡尘，忘记年龄，只有童心。童心是一种真诚、善良，有一颗童心就多一分快乐，少一分忧愁，你的心就永远不会老。雪花、童心、笑声，在这飘雪的夜晚，让我们回到童年。时间可以老去，却带不走我们不老的心。让雪花、童心，一起飞扬在雪夜里，沉醉在大自然里……

## 冰是火的衣裳

　　北方的冬天，雪和万物都在沉睡。秋皮大峡谷的雪，像仙女舞开的长袖，覆盖着峡谷。当人们走过，长袖仿佛印上梅花鹿的脚印，让大峡谷的冰雪世界，更显妩媚。

　　数个冰峰像扇子打开，把山峰点缀。一座瀑布，就是一座冰峰。瀑布四季喷洒，水流不急不缓。无数个水珠昼夜不停地落下溅开叠加，遇到了冷气被催眠般睡下，成了一座冰峰。由于瀑布没有污染，结成的冰峰格外晶莹剔透，像个睡美人，都不忍破坏它的宁静。她又像一块美玉静卧峡谷，白得纯净，白得凝练，拍照时小心翼翼生怕弄脏了它。

　　大峡谷里的冰峰有的凝固成水帘洞，可以在冰帘下穿行；有的像定海神针，两人才能搂抱合拢；有的像竹笋倒垂，成了一片竹林；有的像一块巨大的绿宝石在阳光下熠熠生辉。在峡谷尽头，那片最大的冰，覆盖了整座山峰。这山峰，便也成了一座名副其实的冰山。

　　当你站在山顶看冰川时，那就是一个玲珑剔透水晶宫般的世界。那淡淡雕刻的优雅，沐浴出冰的从容，那风韵独特，灿烂峡谷，在那清凉浪漫里孕育着宏伟,让人赞叹不已!站在冰峰下,你的心不自觉地变得温柔纯净。

和朋友穿行在竹林冰峰下拍照,突然看到一位老人有点面熟。那不是小学时的罗老师嘛!对,那张"冰峰脸"让我印象太深刻了!

面对我的热情招呼,他愣了一会儿,然后缓缓叫出了我的名字!天哪,真不敢相信,教了无数个学生的他,竟然会记得我这样普普通通的学生,而且时间久远到遥远的40多年前。

这下轮到我呆愣了——"这么多年过去了,您还记得我啊!"

"记得,那时候你好像特别怕我,一提问你,站起来腿就打哆嗦,再简单的问题也答不上来了。"罗老师笑着说。

是啊,那时候怕他怕得要死。他曾经因为一句话被打成右派蹲监狱好多年,平反后来到我们学校当老师。第一天上课,他穿一身黑色中山服,毫无表情的脸,仿佛每根神经都绷得紧紧的,黑黝黝的眼睛深不见底,眉头像上了锁,让人生畏。全班都静悄悄,甚至大气儿都不敢出。我想蹲过监狱的人一定很凶,从此上课不敢看他的脸,只看黑板。他每次进教室,来了就讲课,下课就走,从来不多说一句话,也没看他笑过,仿佛天生不会笑。

而此刻,他终于会笑了。

"原来冰峰也有微笑的时候啊!"我开玩笑。其实,当时上学的后半学期,我就已经改变了对他的看法。

那次下了很大的雪,我是唯一一个蹚着大雪去上学的人。罗老师看到我,眼里闪过一丝心疼的光。"这么大雪你还能来上学?这五里地你是怎么走来的?真难为你了!"他忙着拍掉我围巾上的冰霜,让我坐到炉子边上,把我鞋子脱下,挽起我的裤腿,把结的冰块,一块块拿掉。然后像父亲那般温柔地揉搓着我冻得红肿的脚掌。确认我没有冻伤后,拿来他40几号的大棉鞋给我穿上。接着把我的鞋子拿起来,在火炉上烘烤。在烘烤的很长时间里，他就那么一直举着，脸上依然冷峻，我却感受到冰峰下的暖流涌动。

"原谅老师当时的不苟言笑吧。"罗老师说，"那时候刚从牢里边出来，憋了一肚子的冤屈，没办法笑出来啊。直到后来，我收养了他，我的生活才开始有了阳光。"他指着身边一个中年人说。

我才知道，罗老师因冤案入狱后，妻子和儿女都遭遇了不测，他一辈子没有再婚，在孤儿院领养了一个孩子，两个人相依为命，挨过了最难挨的时光。

"看看，这是俺的大胖孙子！"罗老师抱起中年人身边一个五岁左右的孩子，脸上露出灿烂的笑容。阳光在这个老人的脸上聚集，慢慢聚集成一团火！那火烤得我暖暖的，仿佛我也能将这座冰峰融化。

如若没有寒冬，没有瀑布，就没有这壮美的冰峰。这也是冰峰的独特魅力所在。人也一样，经历过的苦难，都将在你的沧桑岁月里沉淀成最美的风景。当春暖花开时，它睡醒了，又变成了瀑布，像天女散花，在阳光下绽开又落下。小瀑布像小溪叮叮咚咚地鸣唱，像悠扬的小提琴在月光下演奏；大瀑布如黄河之水天上来，万马奔腾、战鼓催发。只有冬天它们像万物一样收藏自己的张扬，在沉睡中净化着自己的灵魂。

冰峰，只不过是沸腾的火穿着的一件衣裳。

## 一捧雪花儿的记忆

　　一个风雪交加的午后,刺骨的北风夹带着雪花,肆无忌惮地吹着,仿佛在发泄它心中难以言状的苦痛。路上行人很少,路旁的梧桐树,只剩下光秃秃的枝干,在北风中萧瑟摇摆着,树上几只乌鸦,喳喳叫着,像是在对寂寥的行人,哀鸣这冬日的萧条和凄寒。一位青年男子缓缓走来,积雪、寒风令他举步维艰,他怀里抱着一个娃娃——娃娃的头包裹得很严,只露出一双黑溜溜、迷人的眼睛。

　　北风将雪花分割成无数的雪粒,打在脸上,似针在刺,娃娃不得不把眼睛闭上,只是短暂地闭合后,又连忙睁开,生怕错过了什么。男子抬起胳膊用大衣袖给娃娃遮挡肆虐的雪粒儿。男子的脸被风雪吹打得如紫红的萝卜,嘴唇干裂出几道血口儿,他的眉毛紧锁结成了冰,如北风般寒凉,那眼睛里透出来忧郁,竟让人不忍直视。

　　他似无所觉,只是不停地行走……

　　终于来到站牌下,这一段看似不长的路,几乎用尽了他全身的力气,他望着来车的方向,一辆公交车驶入视野,他抱着娃娃上了车,找好座位后，解开娃娃头上的围脖，摘下帽子，用手指轻轻地梳理有点凌乱的头发，然后脱下棉大衣，抖落掉雪花，把大衣盖在娃娃身上："雪儿，冷吗？"原来这是个漂亮的小女孩儿，小女孩儿晃晃头："不冷，冻脚！"他马上解开自己的衣扣，把女孩儿的鞋脱掉，将小脚丫放在自己的怀里，孩子似乎感觉到了温暖，她甜甜地笑了！他也欣慰地咧开了嘴，那些细小的血口又大了一些，渗出的血丝在这苍白的雪日里，分外醒目……

突然，一个女人跌跌撞撞上了车，红肿的双眼急切地寻找着，当她发现了男子和孩子后，疯了似的扑过来。孩子看到妈妈疯狂的模样，吓得大哭起来，她张开稚嫩小手扑向妈妈："妈妈，我要妈妈……"男子紧紧地将孩子抱在怀里，他用胳膊推搡着女人，不让她靠近女孩儿。女人死死地抓住椅背，一手撕巴着去拽孩子。女人的哭叫混着女孩儿的哭声，令围观的乘客动容。

这时乘务员高声喊："马上开车了，送亲友的请下车。"男子听到喊声突然激动起来，他一手抱着孩子，另一只手拽着女人的胳膊，将她推下了车，回头告诉司机关上车门。女人急切地拍打车门，拍了几下后又连忙回身，跑到孩子座位的窗下，不停地嘶喊着："雪儿，别忘了妈妈，我会去看你的！"女孩儿的小手也在不停地拍打着玻璃窗，她想抓住妈妈的手，可什么都抓不到，那车窗冰冷地隔绝了她与妈妈，她慌神了，更加无助地哭叫着："妈妈，我要妈妈……"

车子启动了，孩子的哭声更猛烈了！女人不停地追赶着汽车，男子侧过头，看着车窗外的女人越来越小，呼出的空气，在玻璃上结成了霜，他看女人的轮廓越来越朦胧，直到他的眼睛里都是漫天的雪，洁白，却冰冷……

生活啊，当你给了我温暖后，为什么，又要让我来品尝这接近死亡的大悲大痛呢？为什么？为什么，为什么……

北风萧萧，吹走了他心中最后那一丝生活给予他的温暖。男子在女

015

人身上，尝到了对于爱情的绝望，为了争夺女儿的抚养权，三个月耗尽了他所有的耐心！三个月后，他在这场没有硝烟的战场中胜利后，却是带着满身的伤痛和女儿远走他乡。

女孩儿在泪眼迷蒙中，紧紧地盯着窗外。她从落入凡间的那一刻，就与雪花儿结了缘。她，如雪花儿纯洁、美好，但也注定了与雪花儿一样，一生孤独、漂泊。

她记得爸爸常常抱着她，笑着对她说，雪花是冬天的精灵儿，你就是爸妈的精灵。妈妈生她的时候，漫天的雪花儿飞舞，她是伴着雪花儿降生到这个世间的，所以爸爸和妈妈给她起名为"雪儿"。可此刻，又有谁知道，这个女孩儿多么憎恨雪花儿，在这个飘雪的冬日，她失去了妈妈……她突然觉得好冷好冷，即使在爸爸的怀里，也不能驱走的寒冷——这寒冷，已深入骨髓。四岁的她还不知道：此后的人生，她将与父亲相伴、相依、相扶！她得到了父亲全部的爱，却再未有机会体验妈妈怀中的温暖……她就在这幸与不幸中，行走在这无常的人生路上。

在雪花儿飞舞的时节，雪儿心里无法抑制、疯狂地想念着妈妈。雪花儿，化作甜美的惆怅，那是思念妈妈的泪，当雪花儿遇到了温暖，融化成的水滴儿，那水滴儿在雪儿的心里恰如妈妈的乳汁，深深地流淌在她的记忆里，温暖！甘甜！！

雪花儿，雪儿，一个以"雪"为名的故事，只是开了个头，转眼就是一生……

## 朵朵雪花寄情思

拉开窗帘，哇！一片银白映入眼帘，眼睛一下还有点不适应，上眼帘马上落下，再睁开，感觉好多了。万物静悄悄地迎接第一场雪的来临。雪花在空中，像一片片银片晶莹剔透；纷纷扬扬像丰收的打谷场，准备稻谷收仓似的；飘飘洒洒像无数的蝴蝶聚会；一朵朵白花花像一树梨花，真是"忽如一夜春风来，千树万树梨花开"。雪花就这样把虚空捣鼓得如天女散花，均匀地、无有分辨心地洒满大地。无一物中有万物，无一声中胜有声。在这万籁无声中，我安静地享受第一场雪带给我的静美安详。

此时我身心融在雪花中，有温暖的情愫，也有丝丝清爽。捧起一把雪花，仰起脸，接受雪花的抚慰。雪花柔柔地落在脸上，像无根的清羽，落到睫毛上，转瞬化成泪；雪花落到唇上，那吻有点甜，有点清凉，沁入心扉；雪花落到头上，仿佛给我披上洁白的婚纱。我美美地享受这瞬间的幸福。这样静静地体味着雪花带给我的不羁和洒脱，内心被雪花，倾情地覆盖融化。

洁白的雪铺满大地，脚抬起不忍落下，生怕雪花被踩疼；又怕玷污了雪的纯洁。我小心翼翼地把脚放在雪上，亲吻着每片雪花。一个脚印，如同一朵梅花，留在雪地上，在身后无声绽放。多人走来，一行行脚印，无限延长，像一树梅花怒放。雪花，把大地美化，变成一种颜色，洁白。

此时天地间如此纯洁寂静，万籁无声。我静静地聆听，雪花柔柔地飘飞，唰——唰？不，沙——沙？都不是。这是天籁之音，只有心领神会，语言无可表达。

雪花，孕育在冬的怀抱，在虚空中开花，把爱和静美、洁净，洒满天涯。人们在你的身影里穿梭、奔跑，那是对你的喜爱无以表达。雾霾时，小鸟躲在窝里紧闭它的歌喉，只有雪花来了，它欢快地唱着。麻雀兴奋地穿梭枝头，把雪花抖落地上，然后又跳到另棵树上，叽叽喳喳祝愿：第一场雪多飘一会吧，把空气净化，我们的咽喉也清爽。

大地的麦苗在雪的厚爱下，甜蜜地沉睡，享受这冬季的安宁。田野，山峦，都在你的爱抚下静卧，等待春来勃发。松树和雪花映衬着，显得那样高洁清雅。雪花的功德只有大地知晓。

每一片雪花，都是一首经典的诗，每一首经典都值得珍藏。这是远古飘来的，带着久远的酝酿，酿成六瓣的诗，清凉的果。这是雪中的诗，诗中的雪，没有比这更有韵味的诗，没有比这更美的篇章。带给人们美的享受和祝福，带给万物无尽的滋养。

冰清玉洁的雪花，在我最美好的芳华，邂逅短暂的美丽。生命在清凉中沐浴，绽放别样的风采，在天地中，在心中洒脱。

每片雪花都是一页信笺。那里有妈妈对在外漂泊孩子的牵挂和嘱托，有恋人互诉衷肠的思念，有妻子给打工在外丈夫的叮咛，有同学走向社会给予的互相鼓励。每片雪花都充满情意，是一篇篇家书，是一片片情意，把世间的真情带给有情人。

童年的雪花，是我思念妈妈的信笺。每当雪花飘来，我都对着雪花倾诉对妈妈的思念。当雪花随风飘向四面八方，我知道，一定是去帮我寻找妈妈。我想妈妈在天涯海角，或者今日在九泉之下，也一定能听到女儿的贴心话："妈妈我好想您！"

　　感恩冬，把雪花这美好的天使送给人间，让我的童年有思念妈妈的寄托，把天下有情人的惦记和牵挂传送。感恩冬，把雪花孕育，无私奉献给大地洁白。

　　我愿变成一朵雪花，那样单纯无瑕；我愿拥有雪花般的慈悲，没有贵贱高低之分，哪怕牺牲自己化成一滴水，也把万物滋养。

　　雪花总是让浮躁的心平静，让污染的心得到净化、温馨、安宁。用雪花的纯洁欣赏这个世界，永远美在雪花的世界里，纯洁无瑕。

## 童年的冬天

记得小时候冬天上学,头必须包裹得严严的,不包严实真能把脸和耳朵冻坏。呵出的气遇到冷变成了霜,进到教室,眼睫毛被寒霜迷得像假睫毛一样长,用手把眼睫毛的冰霜一撸,一卷霜花下来;嘴巴周围有围脖遮挡,一层厚霜,像长了胡子的白胡子老头。我最怕冻鼻子,那时没有口罩,我只能用围脖把脸和鼻子一起包裹上,只露一双带着霜的眼睛。爸爸给我买一条,我最喜爱的粉色棉绒线编织的大料花瓣的围脖,贴在脸上,绒绒的暖暖的,就像爸爸的双手一直暖着我的脸颊。

冬天一双棉胶鞋,爸爸把乌拉草砸柔软,像絮鸟窝似的放到鞋里,脚丫放里像小鸟进到窝里,柔柔的暖乎乎的,脚丫不安分地互相传递温暖。但是上学蹚着淹没膝盖的积雪,到学校,鞋还是冻得像梨坨,上课后鞋化了,感觉脚像猫咬似的不停地跺脚。

每天书包里必不可少的一个饭盒,装一个苞米面大饼子,一根咸黄瓜,这就是中午饭,到学校放到集体蒸饭的大锅里,中午有人给热好。打开锅盖,谁都不会拿错自己的饭盒。用戴手闷子的手拿起饭盒,既不烫手,又能暖手。大家围在一起,边吃边闹着玩,有的带点炒菜,大家抢着尝尝，吃完渴了喝一口凉水。农村孩子的身体都是有抵抗力的，很少得病的，再寒冷的天，孩童的心也把寒冷关在身外。

一双棉手闷子是冬天必不可少的，是用布和棉花做的，只有大拇指分开，其余四个手指都在一起，这样的手闷子比五个手指分开的暖和多了，因为四个手指互相取暖。为了怕丢失，两只手闷子用一条带子连接上，不用时，就挂在脖子上，下课打雪仗，戴手闷子不方便，就把手闷子往脖子后一甩，像两个小巴掌在背后拍来拍去，仿佛是给你加油。就这样的手闷子在外待得时间久了，还是冻手的。

棉衣穿得再厚实也感觉冷，因为棉衣里空荡荡地，没有内衣包裹。我还好，大伯几年回来一次，给我买线衣裤，冬天穿在里边比其他孩子只穿一条空棉衣棉裤暖和多了。在五六十年代农村大人孩子，都没有内衣，冬天都穿空心棉衣棉裤，冬天的风像贼样钻进棉衣里，肆意地虐待你的肌肤。有的父母孩子多，照顾不过来，有的棉裤膝盖都露出来，还有的裤腿脚散开了，像扫地扫把，扫来扫去，但是不耽误上学。

冬天是雪的世界，茫茫雪原一望无边，加上北风吹起，雪粒打在脸上像针刺，嘴巴冻得合不拢，说话都不清楚，但是不耽误打嘴仗。要赶上顺风是最幸运的。风推着我们走，身体特意往后靠着，就像有人扶着似的；要是赶上逆风，顶着西北风跑，仿佛满身都被风往后拽着，每迈一步像拔河似的用力。就是这样，每天上学，并不感觉艰苦，那是苦着并乐着的童年，能上学就是种幸福快乐。

在其他季节，有时也盼冬天，因为冬天可以玩——踢键子、溜冰、放爬犁、打冰嘎、堆雪人。这些其他季节是玩不上的。比如放爬犁，约好几个，带着爬犁来到不太陡的山坡，大家坐上爬犁，拽紧爬犁头的绳子，屁股往前一送，唰地冲出去……那瞬间就像长着翅膀飞起来了，自由自在的感觉真好。自己要没爬犁就向有爬犁的伙伴溜须拍马，她要同意了，就跪在她身后扶着她肩膀一起冲滑出去。笑声伴着风声，把麻雀惊飞，把山谷吵醒。童年像不畏严寒的冰凌花，在冬季迎着寒风冰雪绽放。

打冰嘎，必须到冰上，用麻绳拴在棍子上，就用这小鞭子抽打。陀螺在冰上被抽打得旋转个不停，刚要停下，鞭子又把它抽起来，小伙伴互相攀比着谁的陀螺转得时间久。玩陀螺大部分是男孩，他们有自己做的，用木头刻成陀螺形状，在尖尖头上放个滚珠，这样在冰上才能顺滑地旋转。

我喜欢玩踢毽子。这个也只能冬天玩，因为冬天穿的棉鞋，踢毽子时不会把脚踢疼。我们最盼着谁家杀公鸡，知道后我们就等拔公鸡的毛，当然最好的是狗尾毛，比鸡毛好、柔和。但是我们女孩胆子小，不敢剪狗尾巴毛，只能用鸡毛。那时候大部分女孩兜里都有一个鸡毛或狗毛毽子。下课后，放学这就是我们的玩具，而且踢毽子有好多花样，所以女孩子喜欢玩。

溜冰，不是现在穿溜冰鞋，那时见都没见过。自己做的冰滑子，用木头板做成像鞋跋拉样，前边钉上几个钉子，从脚前到脚跟固定两条铁丝，用绳子绑在脚上，在冰上滑起来很顺畅。最好玩的骨碌冰，正月十五，在无沿的井台上往下骨碌，有点危险，但很刺激；听大人说，正月十五骨碌冰腰腿不疼，再吃一块冰，一年不牙疼。所以正月十五晚上，我们提着灯笼，来到冻得结实的冰河上，然后躺下从有点坡度的地方往下滚，嘴上还说：骨碌骨碌冰，腰腿不疼。玩够了，起来拍拍身上的雪，嘻嘻哈哈地再去井沿上，没有一点遮挡的井台前，小心翼翼地躺下，从上滚下来，心里美滋滋的，感觉自己很勇敢。在外玩得久了，冻得手脚不好使，回家爬上热乎乎的炕头，被冻得冰凉的屁股暖暖的，那个舒服啊，温暖一下驱散了寒冷，感觉没有比这更幸福的了。火盆里埋的土豆冒着香味，闪着红红的火炭，把冻得红红的小手放上去，又暖又痒；吃着香喷喷的土豆或者地瓜，感觉这就是最大的满足和幸福。童年的冬天充满乐趣，即便穿得不太暖，吃得也没有现在好，但是感觉日子是那么充实和快乐，也不觉得生活苦，有一点满足，就感觉好幸福。这就是五六十年代孩子的童年。

## 在一起就是艳阳天

2018正月初一，天气不太冷。太阳虽然不是光芒万丈，但时隐时现的阳光还是让我品尝到一缕阳光的温暖，我陶醉在早春第一缕阳光中。不一会儿，雪花不大不小，不紧不慢，银光闪闪地飘舞起来。瑞雪兆丰年，开年的第一天就有雪花陪伴，好兆头！我正兴奋，心情如雪花在飞舞，但好景不长，雪花儿让太阳收去了。瞬间的美也让我陶醉，即便暂短，只要心里珍藏美，美就永远留在心里。

朋友说今日登山，一年步步高。我想：高不高，咱不说，只要我们几个文友在一起就是艳阳天，就快乐吉祥！我们一路疯着、闹着往电视台方向的山攀登。

山路不算陡，是通往电视台的公路，弯曲当中有平坦，就像人生的路，没有一路的平坦，总是曲折相伴。这条路每天都有人登山锻炼。

我们边聊、边走、边观望，初春的万物还在沉睡，我们用清醒的心，观望沉睡的大山，一石、一树都似乎因我们的到来而增添了欣喜。

一辆私家车上山，在我们身后跟着。他也许看我们在一起的欢乐，而不忍心打扰，悄悄地跟在身后。我们大声地聊着、唱着，根本不知道后边有来车。直至其中一人无意中发现了，才喊了大家一声，我们急忙躲到一边，车才缓缓地超越我们。大家都说"这司机真好，有颗慈善的心"。

经过大禹山历史文物保护墓地，有人说这里埋葬的是大禹的母亲，因此叫大禹山。墓碑竖立在围栏里，无论风吹雨淋，它始终静默矗立。历史的轨迹留给后人展望。

山上的树木仍然在沉睡，立春的信息已经传递给大山，万物在黑暗中已经萌动。我们舞动着各色鲜艳的围巾，在这尚未苏醒的大山里格外耀眼，像一朵朵艳丽的花儿绽放山路上，给大山带了春天的信息。

一路上，遇到比我们来得早的人开始下山。他们每个人手里都拿一根柴棍，春节的喜气洋溢在脸上。虽然大家互不认识，但那友善的目光在打招呼，那眼神仿佛在说："过年好！你也来了。"

我问朋友："他们手里怎么都拿一根柴棍呢？"

下山的人听到了，回说，这叫"捡财"。

我大惊小怪地说："是吗？大年初一还有这么些说道啊！"

文友玲说，月月，你也捡一根拿回家吧，增添财运。我心里感谢她的提醒，但我不讲究那个，对她说，也是对同行的几个好友说："有你们这些哥们姐们就是我最大的财富！"

大家异口同声地说："对！只要我们在一起，就是最大的财。"

文字的纽带把我们几个文友紧紧连在一起，我们经常来到大自然里采风陶冶情操。大自然是我们的乐园，是我们灵感的源泉，也是我们精神放松的牧场。无论我们来到鸭绿江边，还是登上崇山峻岭，还是来到充满诗意的五女峰；无论大雪纷飞，还是严寒酷暑、雨淋日晒，都是灵动的诗意、灵光的闪现。我们如同一群放飞的鸟儿飞翔蓝天，那种在一起的自在、无拘无束的欢愉，在天地间飞扬。

无论生活中有多少不愉快，只要我们在一起，就是和风细雨、就是艳阳天！在生命静谧中我们享受风华绝伦！

## 春天的信笺

春雨把大地润活，万物把春天打翻，桃花最早把自己的妖娆写在春天的信笺上。桃树上的小骨朵不安分地冒出来，露着红嘟嘟的小唇，像抿嘴含笑的小姑娘，欣喜地互相簇拥着，你推我让羞答答，谁也不肯第一个露出笑脸。春风伴着春雨把小骨朵吹开，"桃花洞口开，香蕊落莓苔"。桃花瞬间变成韵味十足的少妇，春风给桃花讲了个故事，把桃花惹笑了，还笑得前仰后合。娇艳的桃花向路人抛去媚眼，引来无数路人驻足赞叹。朵朵桃花争奇斗艳，风舞花飞。花瓣上的露珠颤巍巍的，似坠欲滴。近看纷繁的桃花在晨光中你挤我嚷，开得格外喧闹，密密层层，像赶桃花宴似的。远看，如一片朝霞映染大地。一株株桃树又像一个个张开的小伞，人们在这伞下赏花，拍照，淡淡的花香沁入心扉，让人沉醉。

柳树不甘示弱，不管不顾地把枝条放开，在春天抢先占一席位子。慢慢地把柳芽催开，柳叶低垂双眸含羞。远看，就像一位穿着绿衣裳的姑娘正在照着镜子梳妆打扮。我曾看到南方的柳树长得规规矩矩，柳枝柔柔像芊芊少女，优雅如大家闺秀，又像走在石板路上，打着油纸伞的少妇款款而来，充满了婀娜多姿的韵味。说一个曼妙女人"杨柳细腰"真是太恰如其分。柳絮随风，无边情思；柳絮随水，它在溪流中飘荡。在春天的柳溪边，让我这颗逐渐消沉的心，再起波澜。

北方的柳树则不同，经过冰霜雨雪的洗礼，造就了它顽强不屈的性子。春天来了，它迫不及待地、不管不顾地，像刚刚睡醒没经梳理装扮就出门的女人。有点披头散发，慌慌张张的样子。因为她着急和春天约会，她怕一不留神，春天溜走，她要在春天的信笺上留下一行足迹。真是"草色青青柳色黄，桃花历乱李花香"。一方水土造就一方人和物。南方热，人便温柔似水；北方冷，人便热情似火。所以，一棵柳树代表了一方水土人情。柳树生命力顽强，无论是肥沃的土地，还是贫瘠的土地，它都可以自顾生长。

一夜间小草就支棱起了腰板，绿油油像一片麦苗。小虫咬碎泥土钻出地面，在小草身边黏乎着。每棵小草头上顶着一颗露珠，像一颗颗珍珠，晨光把珍珠打磨得亮闪闪。麻雀在草坪上蹦蹦跳跳，不小心把露珠撞到地上。它左点头右点头，仿佛在慌忙收起掉在地上的珍珠。

一对儿不知名的小鸟在枝头秀着恩爱，一只鸟找到一块儿面包屑，赶紧飞到伴侣身边喂给它吃。万物都有情啊！一个蹒跚学步的孩子东倒西歪地跑起来，妈妈没反应过来，孩子已跌倒，哇地一声哭开；一个晨练的老人马上抱起孩子，哄着孩子不哭；一条蚯蚓不小心打了个滚，滚到了水泥地面，扭动身体想回到泥土里。可怜的它，一切努力都是徒劳，一个小女孩走来，用一个小木棍挑起它放到草丛里。这一刻，我触摸到最真实的春天。

春天的信笺上，爱是最美的诗行。

## 春天，大地在酿一坛美酒

最真切地喜欢上土地，是 12 岁那年。

一个星期天，老爸拿起镐头往我手里一塞，让我去自留地旁边山坡开荒。我已经和同学说好去挖野菜，可老爸的话还必须听。我不情愿地来到长满蒿草的空地。虽然这山坡没有石头，但树根盘根错节，在地下编织成坚固的网，需要一根一根地刨断根须。汗珠吧嗒吧嗒像房檐下的雨滴流淌个不停，小手掌也磨起了大泡，胳膊累得酸疼。我不禁埋怨这片小山坡，你干吗把树根和小草喂得这么壮实。

几个星期后，终于刨出黑油油的一铺炕大小的一块地。泥土像黑缎子般闪亮，我想那里有我的汗水，所以才那么黑亮的吧！我捧起一把泥土放到鼻子下，一股清香沁入心扉。地下的小虫在土壤里兴奋地翻滚着，我仿佛听到它们咬碎泥土的声音。树上的小鸟叽叽喳喳，相互打赌着哪一个枝头的苞蕾最先开出花来。泥土仿佛被我泼洒了墨水，翻卷着黑油油的浪。我幸福地躺下去，两手深深插到泥土里，那柔柔的特有的清香通过手指传遍全身。一种欢喜从心里涌出，从此我迷恋上了土地。

我把翻过来的土打成垄，所谓的垄很不成样子，好像几条蚯蚓曲里拐弯趴在那里。回家向老爸报喜："地开完了，垄也备好了，就等撒种子。"老爸说："你开的地，你喜欢种啥就种吧，这块地归你管理。"我一听高兴极了。那个时代没有零食，馋嘴的丫头们喜欢炒些黄豆和玉米粒揣在兜里，边玩边吃。我当然喜欢种黄豆了，既可以炒吃，又可以换豆腐。

我把黄豆种到地里。几天后我的小苗不负春雨春光野蛮生长起来。这块小土地让我心里总惦记，放学写完作业马上跑去，看小苗长多高了，地里有一棵杂草也要拔掉。偷偷地用土篮子带些鸡粪给每棵豆苗上肥（老爸说新开的地有劲不用上肥）。人家的小苗除草松土两遍，我给豆苗松土追肥三四遍。秋天了，我的黄豆长得身板壮实，绿油油的叶子，就像雨水才淋过，鲜嫩得像没断奶的孩子。却没几个豆荚，而且还瘪瘪卡卡，一看就是娇生惯养长大的。看人家地里的黄豆黄澄澄颗粒饱满。我心灰意冷地问老爸这是为啥？爸说：你偷偷地给黄豆喂鸡粪了吧？所以才只长秧子不结果实。原来溺爱，也会适得其反啊？

第二年我又向外开荒，土地扩大了，有一铺半炕大小。接受去年教训，我仍然经常去看它，但不再溺爱它了。果然，秋后一棵豆秧没几个叶子都是豆荚。黄黄的豆荚沉甸甸地头朝下，就像做大事的人！

我心里充满喜悦。

我把它们收回家晒干后，用棒子敲打把豆粒的衣裳给脱下，露出光溜溜一丝不挂的小金豆。面对自己的成果，没理由不着急品尝。我急忙抓几把放锅里炒。看到每个黄豆像小精灵在锅里噼里啪啦，欢蹦乱跳，香味早已将满屋熏透。这时候哪里还考虑到豆子的热度呀，我迫不及待地先抓几颗送嘴里尝鲜。滚热的豆子在我嘴里作祟，但豆香也在嘴里瞬间炸开，那感觉美妙极了。

第三年我又向外刨地，就像蚕食叶子把这山坡开垦两铺炕大小的土地。虽然种地有点累，但每次看到这块土地秋后的收成，我就像考试得了一百分似的美滋滋。每年开春翻完地，我都把鞋脱掉，光着脚丫钻到新鲜的泥土里，就像蚯蚓回了家。

我想土地着了迷，就把自家房前屋后的空地，都种上各种花。当花开时，花香把房子包围，就连茅房也让香气覆盖了。满院子芳香扑鼻，引来成群的蜜蜂飞来飞去，蝴蝶也穿梭在花丛中。夏天窗户打开香气扑向屋里，蜜蜂和蝴蝶也不时地飞入房间，仿佛没有时空相隔，我们都在花香中沉醉。

童年，我在大地上播下了天真、勤劳、朴素和爱，从此我一生都眷恋着土地。多少次梦里我在泥土上翻滚，就像鱼归大海。在城市生活，土地离我越来越远的今天，每当在郊外见到土地，兴奋的我就像酒鬼见到了陈年老酒，没等喝先醉了。我的手掌一接近泥土，心就变得恬淡温和，即便我一次次醉倒仍然死不悔改地爱着它。

"为什么我的眼里常含泪水，因为我对这土地爱得深沉！"此刻，我终于理解了艾青这叩击人心的诗句。

春天来了，春风把我吹醒，嘱咐我去田野里，取回大地酿的美酒。

## 乾坤大湾锁乾坤

　　四月末映山红怒放山野，把山川点燃，好像春风讲了个笑话，把花惹笑了，还笑得前仰后合；把万物吵醒了，醒了再也不想睡去。与乾坤大湾遥遥相望的映山红，吸引无数游客观光。我对乾坤大湾和映山红的思念，就像小草遇到了春雨，疯长起来，我迫不及待地随集安雄鹰户外，来榆林镇地沟村，一饱眼福。一进山，映山红就把游人眼光抢去，就像无数的蜜蜂扑向花丛。女孩穿各种颜色的衣服站在花丛中拍照，分不清是花美还是人美。映山红的艳丽，因为有众多人的观赏赞叹，羞红了双颊怒放得更娇美，在山崖边，在石坡上成片成群地争奇斗艳。

　　爬山看乾坤大湾，如果没有不到长城非好汉的意志，你也许会退却。那是往返四个来小时步步高的体力较量。越走呼吸越急促，汗水毫不客气地流淌。脚下高低不平的山路，小石子和脚掌亲吻着，磕碰着。路边无名小花、小草好奇地观望这些气喘吁吁的人们。路，仿佛无限延长。都说上山容易下山难，下坡，每迈一步腿都颤抖着。但起伏的山脉，让你比爬山要轻快些。

一棵巨型奇松，枝干遒劲苍老，像张开的双臂，两臂上又分出权枝伸向天边，仿佛在欢迎观光乾坤大湾的人们。几个人爬上树干，各站一个位子合影，人们看到后：哈哈大笑——你们像一群猴子蹲在树上！是啊，真有猴子蹲在树上的感觉。如果是只猴子生长在这乾坤大湾里，早迎晨曦，晚送夕阳，在漫山遍野的映山红里欢跳；脚踩家乡的土地，仰望异国他乡的风情，和对岸朝鲜遥遥相望，能陪伴着乾坤大湾该多美啊。

爬上山顶，一直走到无路，眼前巨石苍松，险峻得不敢探望，手脚并用爬上立陡的铁梯，终于来到一块平台上。所谓平台，无一处平坦，是各样形状石头组成。游人站在怪石上和石缝中或坐在石头上拍照。有利拍照的位子，前人拍完马上退下让给后来人，大家互相提醒：小心，注意安全。这些石头组成的小平台，还真有点闹市的繁华。

乾坤大湾是吉林省小江南的艺术奇葩，位于中朝鸭绿江中。在吉林省集安市榆林镇地沟村的鸭绿江水域，有一座中朝两国共建的水电站——老虎哨电站。库区里面中朝两国各有一段山脉，呈逆时针方向环绕，形似拥抱，相依相偎地形呈S弧形状，颇像乾坤八卦里一阴一阳的太极图；又像两名太极高手对决般较量，内力不绝，绵绵环绕。你看这乾坤大湾多像日夜相守的恋人，你中有我，我中有你，你护卫着我，我拥抱着你，依山傍水，阴阳相生、情意绵绵。日月见证他们的爱情，蓝天白云陪伴着这对恋人，随着四季的转换，岁月的流逝丝毫不减他们的恩爱，爱得纯洁、爱得天长地久。又像两条一阴一阳的巨龙互相缠绕，难舍难分，就这样在日月中不离不弃地陪伴着，你追我赶地玩耍着。此时你会惊叹：大自然的鬼斧神工，把这山水雕刻得这般神奇宏伟。

站在山顶望去，悬崖下茂密的树林，连绵不绝，郁郁葱葱，像层层叠叠的屏障。一览众山小——远处起伏的山脉，气势磅礴宏伟，那是庄重无言的美。群山环绕，它像父亲的臂膀把乾坤大湾环绕护卫。乾坤大湾在碧蓝色的摇篮里静卧着，互相拥抱在甜蜜梦中。鸭绿江水沉默着不起一丝波纹，生怕打扰这对恋人；又像蚌含着两颗珍珠似的小心翼翼。仿佛是高深的禅者入定了，任外边的喧哗赞叹，都惊动不了它的心。

　　我凝视这乾坤大湾，它外表沉稳静谧，其实它内里的生命，在变化流动没有一刻间歇。它是灵活的，它步履安详，它没有语言，没有文字，可是它创造了诗意般的语言和心，让文人借此感受和抒发情怀。

　　天空纯净蔚蓝得像大海，白云朵朵像浪花，又像雪莲在上空盛开。山花怒放，映山红默契陪伴，神游于山水间。满山的青松和青石嶙峋怪异，峥嵘遒劲，气势磅礴，波光潋滟，水绿幽深，让人赞叹不已！有人说它的壮观神奇不逊长白山天池，让人陶醉。它招引来无数游人观光，就连树上的小鸟、山坡上的野花、蝴蝶、蜜蜂、小草，都灵动起来，为它的存在，而自豪、怒放、鸣唱，合奏一曲天籁之音。

　　听说乾坤大湾在月光下更是美若仙境，像害羞的新娘头顶面纱，若隐若现朦朦胧胧，让人充满遐想。雨天它把无数的雨丝，编织成一个净化的外衣，奉献给鸭绿江，使鸭绿江永远保持碧绿蔚蓝；冬季它静默在水晶宫殿里聆听自己的心声，更显温润透明。所以它永远是那么纯洁充满魅力，让人赞叹！

　　山美水美的集安鸭绿江，你孕育了乾坤大湾，像母亲的乳汁滋养了集安人，是集安人的骄傲，是鸭绿江畔的骄子。它是集安人的象征——有水的温柔，山的宏伟，坚韧挺拔，花的浪漫，朴实善良中孕育了大自然的美；在历史的车轮中，它见证了雄赳赳气昂昂的抗美援朝大军，见证了中朝两国一衣带水的友情。

　　站在山顶，轻风拂面，清爽润肺，此时有种极目楚天舒的豪情，感觉我的心与自然贴得那么近，我多想是一座大山，或者山上的一棵小草、一棵树站成永恒，陪伴着乾坤大湾。每天沐浴在蓝天白云下，触摸自然、回归自然，吸收天地精华，打开心胸与大自然融为一体。

　　仙境般的乾坤大湾，你让我的思绪遨游在天地间……

## 被秋宠爱的枫叶

朋友约我去五女峰看枫叶。走在充满秋味道的林荫路上,感觉自己也是成熟的一颗果子、一片叶子,等待秋天的收藏。树的绿装还没有完全褪去,只有少数叶片在空中舞动着。枫叶就在秋的宠爱下,红红火火张扬地喧闹起来,把万众的眼球吸去,把万山风光占尽。绿有点失落,有点妒忌,埋怨秋的偏爱。

一棵树被圆枣藤缠绕,抬头望去,哇!树梢还悬挂几嘟嘟圆枣,像哨所的士兵,它是在目送枫叶的离去,还是欢迎观赏枫叶的人?大家像发现新大陆一样。几人下到山坡摇晃圆枣藤缠绕的树干,树叶随着圆枣纷纷落下。大家寻宝似的扒开树叶,捡到圆枣像得到了宝贝。一个个圆枣在秋阳的晾晒下失去了水分,只剩甜甜的肉,咬一口甜甜糯糯。秋天的味道从嗅觉传遍全身。每个人捡到圆枣都分享给我。我说:"没去捡圆枣比去捡圆枣吃得更多,我今天怎么这么被宠啊!"大家说:"是啊。今天你就是我们心中的枫叶,就是让你快乐。"我心里美滋滋的:"你们这帮家伙真会说话。"圆枣藤蔓有点干枯了,但还紧紧缠绕树干。树习惯了藤蔓的缠绕，它俩相依相偎。就像枫叶没有秋天的陪伴，就没有今日的红火，万物都是相依相存。

秋天是卖色彩的，专门卖五颜六色。画家用这色彩把山川涂抹成红、黄、绿、橙。这一堆堆、一块块、一条条的色彩，把秋天的山川，装扮得像新娘头上撒落的纸花。秋，点缀了山川，像一团团火焰，把大山燃烧。

枫叶，这秋天的精灵，就连我们这些观看枫叶人的脸，都映得红通通，焕发着青春风采。枫叶带着夏的余温把秋烘烤得暖暖的，我们身上也开始冒汗。枫叶离开依偎的树枝，在空中颤动着翅膀，像翩翩起舞的蝴蝶；随风的音乐舞动着，然后静静地躺在树下守护着树根。那是怀有清爽和博大的闲情，让鲜艳的美姿像莲花开放，给大地一个暖暖甜甜的吻，给我们的眼睛一个美美的享受。爱不单是奉献自己，还是让他人念念不忘。

我站在枫树下，看到枫叶不断地掉下，我不知道是枫叶熟透了自己自动离开的，还是风儿把它摘下来的？树像个大袋子不断地往外掏叶子。那红灿灿的叶子，像一个个精灵，亲吻你的发髻，亲吻你的脸颊，仿佛见到久别的亲人。山坡飘落的枫叶，像红地毯铺满地，小草在枫叶的覆盖下睡着了。当风掀起枫叶新婚的被子，小草露出绿莹莹的头摇摆着，对枫叶甜甜地笑了，赞叹着，感恩着。看着这满地红毯式的枫叶，仿佛来到金碧辉煌的宫殿，被千千万万个金片拥着、包围着，感觉自己像万人之上的皇帝。有人躺在枫叶上调侃说："软乎乎、舒服服如新婚的床，只是身边少了一位新娘。"

看到满山坡的枫叶，心里既赞叹，又心痛：这么美的叶子离开树身，生命也即将结束。我想它离开树枝的瞬间，一定是疼的！它把泪含在心里，把快乐洒在外边，那红火的笑容就是它最好的展现。它并没有因自己即将转化另类物质而悲哀，那种含笑离去、那种洒脱的美，让人心生敬仰。万事万物无常，没有永恒，只有生命的轮回。今年的离去，是为了明年的再来。

我们恋恋不舍和枫叶告别，最美的枫叶留在脑海。下山突然掉起了雨点。到了银川瀑布，雨点变大，这温馨的秋雨，是上天的恩惠，是琼浆玉液，给忙活一季的万物最后的礼物。我望着如刀削般的石壁，让雨冲洗得颜色有点深，光滑得如水润般的一块玉面。那石壁上歪斜的枫树，像摆手护送枫叶的离去。枫叶从高处翻着花样，像杂技演员轻盈得如蝶的翅膀，飘落下来；落在水里像一条条金鱼你追我赶，别有一番情趣。今年雨水少，水流不大，那不太激流的瀑布如小溪潺潺从高处流淌下来。那一路欢歌是在告诉我们：无论是澎湃的激流，还是小溪潺潺，都是它的心声，只是有高低音不同罢了。

小桥下哗哗啦啦的流水声，如大自然弹奏的一曲古筝，充满诗情。雨丝越来越大，伴着流水声催促我们加快了脚步，但我眼睛没离开两侧山上的风景。天暗下来，漫山朦朦胧胧。枫叶若隐若现地颤抖着，柞树叶被雨敲打得如鼓点；各种树叶都鲜艳起来，洗掉了灰尘，干净地回归大地。这是雨给枫叶的礼物。当枫叶离开时，是雨把凡尘的污垢冲洗干净送归大地。我想有一天我离开尘世，也一定干干净净地离开。在有限的岁月里做干净人、做干净事。

枫叶带给我们的满足，忘记了一天的疲劳和饥饿。来到饭店后，朋友们抢着请客。当我们坐下时，突然有人送来生日蛋糕，接着又送来两捧花。我想这是谁过生日？这时大家一起站起来高呼："祝静秋生日快乐！"我一惊，说："你们怎么知道我生日呢？我昨天过完生日了。"大家说："昨天是你家人给你过生日。今天是朋友给你过生日。所以今天我们陪你看枫叶，就要给你个惊喜！"原来如此！"给我这大生日礼物啊？太让我感动了！"

"祝你生日快乐，祝你生日快乐……"歌声温馨荡漾开来，让我激动不已。手抱两捧花，激动的泪花洒在花瓣上，我急忙把泪硬生生逼回去，不想让大家看到我没出息的样子。回想一天朋友默默给我的快乐，有人一直陪我照相，请我吃饭、买蛋糕、送花等。我傻傻地享受大家的厚爱，我无法表达大家对我的这份深情厚谊！只有反复说"谢谢！"今天我如同小小的一片枫叶，被大家爱着、宠着，这种爱渗透到血液，融入了律动的心跳中。大家的歌声不断、祝福不断，我陶醉在这歌声和祝福中……

## 鸭绿江畔秋韵浓

秋的天空，蓝得像海，倒扣在大地上。平静光滑得像绸缎。你分不出是天，还是海？只有白云不时地变换——聚成珊瑚、聚成大山，聚成万马奔腾等各种图案。一只老鹰盘旋在白云下，才知道——这是天高气爽的秋天。原来鸭绿江畔的秋天还可以这样蓝，这样多姿多彩啊！

中国东北地平线上有一颗闪亮的明珠——鸭绿江，它像一条长长的鞭子，驱赶着滔滔江水流入大海，伴随历史车轮滚滚向前——它见证了雄赳赳气昂昂的抗美援朝大军，跨过鸭绿江大桥保家卫国；也见证了无数英雄埋葬异国。但他们的精神就像这鸭绿江水源远流长，永不磨灭！

当我站在蓝天白云下看白云的舞姿，听万物的鸣唱，在这明媚诗意般的秋天里，享受这美景美味时，心里顿生无法言说的感激之情！

秋天的鸭绿江，清澈碧绿如无瑕的翡翠，碧波荡漾，鱼儿水下遨游，船儿水上划行，卷起层层波浪，如彩带般抛在身后，留给游人遐想……蓝天白云与群山倒映在水面，几片红叶飘落在江面上，像一条条金鱼你追我赶——真是一幅美轮美奂的鸭绿江秋景图。

秋的大地，山谷，缀满了丰收的果实。处处彰显了秋的风韵。秋在收藏夏日的繁华，把万物送入冬藏。

你看那一个个成熟的核桃像个黑煤球滚落地上，如果绿色的外衣还没有脱掉，可以把它装在袋子里带回家，用土埋上捂闷几日，外表的绿皮就脱落了。

在栗子树下，成熟的栗子蹦到地下，你会看到可爱的栗子像个调皮的毛猴，咧开嘴笑嘻嘻地在等你把它带回家。

圆枣子像一个个绿色的灯笼，一嘟噜一嘟噜地缀在树上，诱惑着你。当你摘一个品尝，那软软甜甜的感觉立刻融入你的嘴里，清香味久久萦回不散。

一场秋雨过后阳光照射，雾气升腾，蘑菇像雨后春笋般冒出了头，像童话里的小精灵散落在树荫下、草丛中，这一堆那一撮，仿佛在和你捉迷藏，让你寻找。

枫叶，把大山层林尽染，红得耀眼，红得醉人。你可以用你的相机收藏万山红遍的枫叶；你行走在满山红叶的山坡上，脚下如踩着红地毯般步入新婚殿堂，心里充满了喜悦和憧憬。

不知是谁的鬼斧神工，把大自然涂鸦得这么多姿多彩——漫山的紫色、黄色、红色、深绿色都争相招呼着，仿佛在说：看谁笑到最后，谁才是最美！

走遍鸭绿江畔的每一个犄角旮旯都能嗅到秋的味道，听到秋的声音，读懂秋的每一条皱纹，经过春风、夏炎、秋雨的洗礼，最后镶嵌在秋色里。

年年岁岁秋相同——今年叶子黄了明年又绿了，今年果实成熟落下了，明年又结果了。岁岁年年人不同——中年收获了青春奋斗的成果，但岁月给小伙子增添了白发，给姑娘们脸上雕刻上皱纹，永远回不去的昨天，这就是我们和大自然的不同。

来到鸭绿江边，支起大锅，把秋燃烧，把秋煮得沸腾，把万物收拢，享受这秋天带给我们的美景美味。

男士们带着渔网和小船划到江里撒网去了。打上来的鱼要马上挤出内脏，在外边多放一会儿，它的鲜美味就会减一分。我们女士把收拾干净的鱼，不论大小一律放在锅里熬鱼汤，开锅后要慢火慢慢熬，一直把鱼汤熬成像乳汁样的白色才是最鲜美的味道。

每人舀一碗鱼汤，热气带着鱼的鲜美味，直往鼻子里钻——"啊！真香！"比山珍海味还诱惑人。

当大家围坐一起喝着白酒干杯、喝着鱼汤赞叹时，有人说："这鱼汤只有女人才能熬出这么美的味道，真不愧是制造乳汁的高手啊。"我们说："妈妈把你喂大，当然你喜欢了。"大家哄笑着，推杯换盏，互相争论得此起彼伏，声音飘荡在秋天的鸭绿江上。此时东北人的豪爽，表露得淋漓尽致。

一棵老柳树下，主人用长长的绳子把老牛拴住，让它在有限的范围内自由活动。饿了就起来啃身边的草，饱了就卧下反刍吃下的草；太阳晒着了，就躲开阳光不知不觉进入酣睡；牛虻叮了它，把尾巴一甩赶跑了，然后睁开那毛嘟嘟的大眼睛看看周围，带着鼻音发出一声：哞……然后又把那双眼闭上。在这秋天的鸭绿江畔，继续它的美梦。

我和老牛遥遥相望：我想老牛要不挨鞭子抽，人们不宰杀它，也挺幸福的，无忧无虑，有人管吃管喝。你看它现在正和我一样享受这惬意的秋天。一群羊边走边啃路旁的小草，不时地咩咩……仿佛呼叫秋天慢点离去。

我躺在草地上，蒙眬的双眼望着湛蓝的天空，几朵白云像盛开的雪莲。我想：如果能赖在秋天里不走，哪怕站成痴痴呆呆的一棵树，脱落一件件激情的外衣，像谢幕的演员洗尽繁华，素面朝天；我在这里看尽繁华落尽，等待下一个秋天。见证一个生命的轮回，那是多美的事啊！

可是谁又能见证我的轮回呢？一年年一天天，时间催我老去。我在这秋季里收获我的成熟和感动！

时间的车轮飞快地旋转——秋之韵、春之梦、夏之情、冬之忆。从春到秋，一眨眼，又一个轮回。人生如四季，收获在秋天。秋天无声无息地从时间的缝隙里穿出，直奔我的面前，我在自然中浅释，在另个世界里沉淀。生命又一次在诗一般的秋季里畅想遨游……

## 梦之江南

　　我对江南的向往来自电影屏幕。那小桥流水，一条乌篷船，那船哥手中的长篙轻轻一点，船如剑出鞘般利落，轻盈地飞荡在水上。船夫那随意委婉的歌声，载着时代的秋千回荡在水天一色中……岸边垂柳，细雨霏霏，石板路上穿旗袍女子撑着油纸伞，在小巷中轻缓地行走；石板台阶上的老阿婆，洗着衣裳和对面的阿婆说着侬语。那里的人和景象水样的滋润和轻柔，纯朴典雅静美，长久地荡漾在我的梦里。

　　地理特质造就了人物的性格，南方热，人温柔似水；东北冷，人热情似火。我觉得很有道理。也许我是东北人吧，我更加喜爱江南。不知多少次梦游江南，当有一天美梦成真，我甚至怀疑还在梦中。

　　三月初的东北万物刚刚苏醒，伸着懒腰，还没钻出大地的被窝，但我的心早已是春花柳绿。火车驶入江南，我不知道，千百次在梦里相遇的江南，如今清晰地见到她的容颜，算是一种初来还是一种重逢？我仿佛一下从梦中醒来：啊！我来了！这就是我朝思暮想的江南吗？路边的杨柳婆娑碧绿，间隔不远就有喜鹊窝，喜鹊们叽叽喳喳地欢叫，仿佛在欢迎东北的我。东北的喜鹊没这么多,也许它们也喜欢江南,都来这里安家了吧?你看那柳枝在招手想拥抱远来的客人。那清澈的河水银光闪闪,如江南女子多情的眼波,仿佛在说:我一直在等你!那一池池的油菜花,黄得耀眼,金灿灿洒向大地,还有各种不知名的花卉争相绽放,一派生机盎然。风柔柔的,空气润润的,太阳暖暖的;麦苗像一片碧海,星罗棋布的村庄像沉沉的舟;灰白相间的别墅小楼一幢幢,像鹤立的鸡群,给江南增添了富丽妖娆。举目望去小桥流水人家,月牙形的石拱桥如忠诚的卫士守候着清澈的河水,纵横交错的河道不时地有船穿行,正是"人家尽枕河""水港小桥多"。春天的江南,美丽得如诗如画……

## 一

　　当我和朋友漫步大街小巷,江南绍兴的人文地理风貌尽收眼底。走在青石板路上,仿佛自己就是那亭亭玉立,穿旗袍的女子,打着油纸伞款款而来。迈上弯弯的月亮桥,微风拂面,河岸上柳枝招展,与对面的玉兰花互抛媚眼,情意绵绵。桥下望去,河水缓缓流淌,乌篷船载着游人水中游,清波荡漾在水面。人在水中,船在画里,一座座小桥流水荡起了江南的柔美。正是:春柳晨曦映水中,卷起轻轻浪,沉沉千里,把一条碧绿的彩带抛给游人。岸上白墙黛瓦宅宅相连,依河而立,映在水中,忽隐忽现,如梦如幻。真是村村有画本,处处有诗意的江南啊!

　　绍兴桥多河多,这桥连着大大小小的街道,我站在桥上,看到那一座座弯弯的圆圆的拱形桥,就像母亲的肩膀挑起生活的负荷;那清澈的流水就像母亲温柔的怀抱,哺育滋养着一代代豪杰和文人;那一道道平石桥和月亮桥,如父亲的脊梁支撑着一家的责任重量。我仿佛听到绍兴历史的声音在告诉人们:这就是古朴典雅的绍兴。我感叹桥的执着,朴实默默地承载着历史,任风吹雨打苔藓侵蚀毫无怨言地记载历史,它蕴含着绍兴人的真善美。桥和水像一对相濡以沫的老夫老妻，牵手走过了年年岁岁，见证了历史的兴衰，记载绍兴人的酸甜苦辣。

突然，细雨如少女柔发般地飘落下来，把我的脸弄得痒痒的，更增添了这诗情画意。我想起一首歌词："江南雨脉沐朦胧，多少梦醉在夜雨花巷中。"此时的我，梦也江南，醒也江南。

## 二

沿着青石板路缓缓而行，路两边商铺林立，店铺门面挂有红红的灯笼，紫檀色的门窗，院中有院，有月亮门相隔。铺面两边有大块的诗匾，就像东北人家门上的对联，但那是永久的诗文，显示主人的高雅品位。住宅紫檀色木门上吊着狮子头铜环，经过岁月风吹雨淋，锈迹斑斑，但铜环的本质没有变。它见证了历史的兴衰，物移人换，痴心不改地坚守着这宅院。

路两旁有卖绍兴特产，小吃店、小卖店，琳琅满目。一店主看到我们热情地招呼，进店品尝这里的特色。各种味道的豆腐干，以及油炸臭豆腐、千层雪香酥、桂花糕、茴香豆、艾叶饺等都是江南独有的美食。这种用艾叶煮熟与糯米和一起包的饺子，包裹着芝麻、核桃、冰糖。有艾叶的清香，糯米黏黏的，芝麻核桃香甜的，这江南清香味道流淌在嘴里，醉在心里。

不时地看到头戴黑色或棕色小毡帽，蹬着三轮车的车夫，有拉客人的，有拉货的在这石板路上穿梭。据说毡帽也是绍兴一大特点。我突然想到鲁迅的《故乡》描写闰土的形象："紫色的圆脸，头戴一顶小毡帽……"《阿Q正传》中阿Q没有现钱，便用一顶毡帽做抵押……毡帽也成了绍兴人的标志。

绍兴另一大特点是每晚九点钟就听到楼下喊声："各位住户，关好门窗，关好煤气，防火防盗"——这古朴的声音在这现代化城市，显得那么独特和谐亲切。这样的提醒，这样的声音听了让人感到暖暖的，把思绪带回到久远的年代——

走在这石板路上，我的心是那样的安详宁静。这里没有大城市的繁华，但有古朴典雅的韵味，就如大家闺秀举手投足都安安静静，自自然然的美。古朴中透出灵气和智慧，风情而不妖娆，一个余光、一个眨眼、一个瞬间，都会让你跌进遥远的记忆里，在怀旧的往事里沉醉。如果拿上海和绍兴对比，上海是牡丹花，富贵妖娆，江南绍兴就是兰花，她孤芳自赏，淡雅绵长，秀丽俊美质朴地静卧江南一隅，看一眼就不能忘怀。

## 三

我们来到西园，这里过去是皇家园林，是仿照宋代园林布局重新建成的，具有现代和古典结合的美。以湖水为中心，亭楼都是对称相邻，四面有四座亭子对应。当我们踏入林间幽径的小路上，竹林、树木、花草，伴随左右，阳光时隐时现。突然前方有一灰瓦镶边的回廊挡墙，墙上有伞形的窗，另一侧是错落有致的长方形窗。无论在里边观望还是在外面观望，都能看到对面的景致，回廊千转百回，回廊尽头还是回廊。

从台阶下去，是圆圆的湖水，站在这里你看到整座湖畔和岸上的风景秀丽氤氲，湖水清澈，树影倒映，湖中乌篷船在水中荡漾。你会突然想吟咏"春潮带雨晚来急，野渡无人舟自横"这句诗。

往前走经过石板桥通过假山，来到一楼亭。这里正有几个越剧老友，拉二胡、打大鼓等乐器合奏，一男子有情有味地唱着越剧。真是现代人休闲娱乐怡悦的好地方。

每个亭子的名称都很有诗意。如春荣：意境春暖，所对景致杨柳；夏阴：夏听竹，离湖最近；秋芳：秋闻菊香；冬瑞：对面是梅树，能一览无遗看到梅花盛开。多美的此景啊！人文气息尽显其中。过去文人雅士在此饮酒赋诗，春夏秋冬四季，坐在各个不同亭子欣赏不同的景观，抒发各自的情怀，真是人生一大乐趣。

走在这林荫小路上，正像王羲之有诗："山阴道上行，如在镜中游。"山阴道上风景如画，这里让心灵净化，心情格外清净，静谧和安宁。是文人灵感涌出的源泉：坐在亭子里，看竹，看柳，看湖，看花，你不由自主地想抒发感慨。我沉醉在山湖竹林柳荫间，如梦如幻如痴如醉…

## 四

步入王羲之的兰亭——书法圣地。此处崇山峻岭，沿茂林修竹步入兰亭。眼前有一小竹屋，全用竹子搭成，门窗都是竹子。迈上竹子的小桥，手扶竹子的栅栏，来到竹屋前。看到这雅静的小屋，我有种想在此永住不想离去的冲动。竹林环抱，竹屋静卧，在此景里不是神仙也是神仙。我对竹子的喜爱无以言表，对每一棵竹子都想拥抱。参天的竹林，行走在林中，根本望不到天，只见竹梢在微风中摇摆，每根竹子都像初恋的情人拥伴我左右。我把对竹子的爱恋用眼神摄入我的记忆永存。

出了竹林，一碑匾矗立眼前，上边的字迹是王羲之《兰亭序》。真是："翩若惊鸿，婉若游龙，荣曜秋菊，华茂春松。"这古人的赞美，丝毫不过誉，让后人大饱眼福。

一条清澈的溪水流入眼帘：清流潺潺，映带左右，弯弯曲曲的小溪涓涓流淌，水清澈见底卵石卧，故名：曲水流觞。岸边摆放蒲团数个，有文人用的古典读书写字桌。过去的书生坐在此读书韵诗，累了来到曲水流觞，将酒杯盛满酒放入流水中，沿曲折的流水漂行，酒杯漂到谁面前，谁就饮酒赋诗。如果没能即兴成诗，就要罚酒三杯。

我坐在蒲团上看那曲水流觞，耳听高山流水音乐，仿佛自己在梦中，突然有种激情要舒展。我来到一平坦处，用我的神意气催发我的肢体，随着高山流水音乐伴我舞起了水太极拳。那一刻我和高山流水融为一体，一会激昂，一会风平浪静，一会潺潺流淌，飘飘荡荡……在这书法圣地，圣人的信息和能量充斥我的体内外，无我无为。

过后朋友说，好多人拍景把你也摄入镜头了，你也成了这里一景，其中有外国人。都说你的拳舞得如流水，很合此曲此景。我说让老外见识见识，这就是中华传统文化——水太极拳。

我们向前走去，突然看到了一石头碑，上面有"鹅池"两字。池里有十几只大白鹅嬉水玩耍；不时地发出欢快的嘎嘎、嘎嘎声。后边用石头雕刻的两只活灵活现的大白鹅，分别立两旁。据说禽流感时，这里的鹅都处理了。有人写下一首诗："白鹅不知何处去，此地空留呆白鹅。"哈哈……我欢快地手抚呆白鹅的颈，坐在白鹅身上，感觉又增加了一只呆鹅。嘻嘻……我这只东北的呆鹅醉在这江南的水乡里！现在又有数只白鹅水中游了。据说王羲之生前喜欢鹅，故立此碑。当我们游览沈园时，天空飘着淅淅沥沥的雨，千万条雨丝千万条愁绪，仿佛是唐婉、陆游的情思雨，让人心情骤然黯然神伤。

这园子过去是一沈姓私家园，后来由于有了陆游和唐婉的凄美爱情故事，特别是陆游的一首词：

"红酥手，黄滕酒，满城春色宫墙柳。东风恶，欢情薄，一怀愁绪，几年离索。

错！错！错！

春如旧，人空瘦，泪痕红浥，鲛绡透。桃花落，闲池阁，山盟虽在，锦书难托。

莫！莫！莫！

世间最最遥远的距离不是天和地，而是我就站在你面前，却不能告诉我爱你；世界最遥远的距离不是天和地，而是十年相隔全无消息，相逢时你的身旁多了一行足迹。这就是陆游当时看到唐婉和她夫君时的心情，留下词阕一首。

第二年唐婉来游沈园，看到了陆游在墙上为她写的词。她提笔和一首《钗头凤·世情薄》词：

世情薄，人情恶，雨送黄昏花易落。晓风干，泪痕残，欲笺心事，独语斜阑。难！难！难！

人成各，今非昨，病魂常似秋千索。角声寒，夜阑珊，怕人寻问，咽泪装欢。瞒！瞒！瞒！

这首词表现唐婉内心的苦痛无人可说，在众人面前还得强装欢笑。把苦恋埋在心里自己咀嚼相思，最后忧郁而终，带着遗憾离开人世。真是悲！悲！悲！虽然是八百年前留下的诗词，仍然闪烁着青春的恋歌。他们的爱情受封建礼教的摧残，导致爱情的悲剧。这是个人的痛史，更是封建礼教的牺牲品。

这园子景致布局有心字形池，潺潺流水在心字上流淌，仿佛是唐婉心里的泪。冬季有梅花盛开；春天垂柳翩翩在微风中起舞，樱花、玉兰花争相绽放，走在雨中如诗如画。这里吸引着青年男女来此海誓山盟，互诉衷肠，永结同心。所以有人说，沈园是爱情园。

## 五

在绍兴大街小巷充满了鲁迅文化——鲁迅中学，鲁迅小学，以鲁迅名字命名的单位比比皆是。

来到鲁迅的故居，这天正好有学生参观，人多特别拥挤。但我们人少见缝插针挤进去——从鲁迅的祖居一路走到百草园还意犹未尽。来到了三味书屋，鲁迅先生学习刻过的"早"字书桌。看到了鲁迅睡觉的床，以及他母亲的卧室，桌子上有鲁迅母亲留下的一个小篮子，一把剪刀和一块布，厨房用具等。园内有两铜像，是鲁迅听奶奶讲故事。我也体会一下，坐下来学儿童时的鲁迅，一只手托着下巴仰着脸对着奶奶铜像拍照，呵呵……臭美一次。

　　鲁迅博物馆里展出鲁迅一生的经历和书信。从百草园到三味书屋是一曲描写鲁迅童年往事的优美华章。在鲁迅的笔下百草园里是一个充满颜色和声音的世界，如矮泥墙、桑葚、皂角、蟋蟀、蜈蚣，还有传说的美女蛇等，都表现出鲁迅儿时的童心和无限的乐趣。

　　我们来到周恩来祖居，看到了一代伟人的家史。周总理生前听说当地政府要把他的祖居重新修建，总理知道后说：你们要重新修建，我永远不回来。至此这里一直保持原样。我们敬爱的总理，多让人敬仰！生前造福人民，不给自己留下任何丰功伟绩，离去不留一粒尘埃。不求美名，但留给人们的是更大的美名，留给子孙万代的是丰功伟业和感人诗篇。

## 六

　　游完几个景点，让我沉思，伟人和名人留给后人的是：他一生业绩造福后人，他的诗篇激励后人，流芳百世。每个人的历史靠自己去书写。人与人的一生，来和去都是一样平等，只是中间几十年各不相同，当离开这世界的时候都一样，如烟灰散尽，变尘埃一粒。活着，看淡落花流水，不在天长地久，只在曾经拥有。

　　江南绍兴是充满诗情画意的文人的摇篮，是孕育伟人的圣地，在哺育无数英雄的热土上，我感受到它们独有的风情，解读它特有的文化，这里是让人尊崇留恋的地方。

梦中的江南，即将告别，今生的心愿已了却。我轻轻地一人来入诗入画，我轻轻地走，把山水秀丽的江南带往东北。

躺在卧铺上似睡非睡，头枕着柔情似水的江南。江南离我越来越远，我不由得浮想联翩：江南的细雨霏霏，小桥流水，乌篷船水中游，清洁的石板路，乌黑的小毡帽，独有的梅干菜。这江南的特色，都将珍藏在我的记忆里，当我再次思念江南时，我会把记忆的行囊掏出打开，开心自赏。

梦中的江南能留住行人的马蹄，但留不住过客的思念……

## 雨雾中的黄山

　　雨继续下，企盼看黄山的心，让这雨浇潮湿了。大家吃早饭时埋怨老天不作美，嘴里发着牢骚把雨和稀粥搅和一起喝进肚里。雨突然停下来，大家欢呼雀跃起来。导游让大家带雨披和雨鞋套，因黄山天气变化无常，我们都买了雨披和雨鞋套。

　　坐上大客车来到黄山脚下坐缆车。当缆车缓缓升起，恐高的我，心也开始提起来了，默默想：菩萨一定保佑我们平安！雨又开始落下来。雨点打在缆车的玻璃上发出啪嗒啪嗒声，仿佛在安慰我：别怕，别怕，有我呢。我看前后几个人有说有笑，但我想他们一定用这笑声掩盖恐惧。我不相信他们就不害怕。但看到他们的表情，让我的心也慢慢安静下来。眼睛一直平视前方，不敢往下看，缆车载着我们穿梭在雨帘里。

　　那陡峭的山崖像穿透了云层，看不到顶，山崖的松树伸开臂膀指向天空。我在想：松树你为什么不在陆地生长，偏偏长在山崖？是谁把你植在毫无生存条件之地？然而你顽强地生存几十年或上百年，对你的赞美和钦佩，任何语言都显得苍白无力，人类真愧不如你。缆车终于缓缓落地了，我的心也跟着落下来。

　　导游提醒大家：看景不走路，走路不看景。在台阶旁有牌子写道："攀爬好汉坡，人生收获多！"为了当一名好汉，为了这难得的收获，再难也要爬上去。迈上第一步，就没回头路。爬山人逐渐开始喘息起来，每迈一步，呼吸像伴奏紧跟随。在这静谧中我们爬上玉屏峰，再高的山也在人的脚下。此时有种黄山四季皆美景，唯有雨中景更佳的感觉。

　　站在山顶，眼睛穿过雨丝，连绵起伏的山脉，被雨装点得郁郁葱葱，朦朦胧胧。像千万首朦胧诗洒落在黄山之巅。每一山、每一松、每一石、每一棵小草小花儿，被雨沐浴得无一尘埃，毫无邪念地裸露在大自然里。就连淋在脸上的雨，也是那柔柔的、爽爽的，甚至有种甜甜的味道。充满诗情画意的雨丝啊！你像铺满诗篇的画卷，我们就在这诗情画意里攀爬、陶醉。

　　雾，像轻纱把黄山笼罩，行走在浓雾里看不清对面人的面容。空气湿湿的，我们仿佛在蒸汽中做美容。雾比雨丝还柔软，柔软得像扯不断的棉絮。雾把我的眼睛和黄山拉开了距离，看不清它的全貌，若隐若现，让我和黄山产生了距离美，充满了遐想……

　　雨淅淅沥沥下不停，耳朵听着雨滴打在雨披上唰啦唰啦，给你唱着歌儿，像鼓励你似的；雨滴落在树叶上哗哗响，像山泉在耳边流淌。我真不知道，雨落凡尘不和万物接触，是否还会有这动听的歌谣？这是一种心语，是一种情怀，更是向人们倾诉，是生命的恒久。我心在这诗意般的雨雾里畅游。雨，就这么多情地陪伴我们爬到了山顶。清清的雨，静静地飘洒，淘洗我的心灵，又温润我的身心。雨渐渐停下来，思绪、诗情洒了一路。

　　正是："五岳归来不看山，黄山归来不看岳。"黄山的奇观被雾掩埋了，但黄山的雨这般的柔情，像恋人；黄山的雾，这般的美韵，像诗篇；黄山的松，奇美壮观；黄山的石，独一奇特，让你大饱眼福，思绪翩翩。

我们来到了山顶文殊院。都说，不到文殊院，没见黄山面。我们终于和你见面了。大自然的鬼斧神工，把黄山的石头雕刻得活灵活现。你看：玉屏睡佛安详静卧，白泉石，各类石数不清，在大自然的造化下，各显异形，每条石缝都充满慈悲，在数着年轮，静观事态变迁，也在保护爬山人安全。那乌龟石伸长脖子静卧，镇守着黄山；那石猴在遥望远方，也许思念远方的同伴，也许企盼他的师哥悟空，早日护送师父归来。真是怪石峥嵘虎豹盘。正因为有了这些怪石，给黄山更添独有的魅力。

迎客松粗壮的树干象征它的年龄和阅历，在生命的轮回中数着年轮；弯曲的树干显示它常年和四季风霜雨雪的抗争。它面对苍天大地仰天长啸，显示它的豁达包容，看淡人间繁华衰落。

两侧的山峰陡峭如刀削般平整，裸裸的石壁，长成参天大树。石缝、山崖到处都生长着奇松的身影。奇松挺拔地生长在石壁上，却活得那么自在安详。伸出的树干像一双双手，算是对远方客人的一种欢迎吧。它们的形状多姿多彩，苍翠顽强。让人心生敬仰赞叹！

正是"天都缥缈浮云际，莲蕊迷蒙隐雾中；百里黄山皆画卷，更兼古道万松葱"。所以说，看黄山，就是看云海、怪石、奇松。雨天虽然看不见云海，但奇松、怪石都是难得一见的景。在我们大饱眼福的同时，我陷入了深思：长在山崖上的奇松，它承受着四季的风吹雨淋日晒，根部那点点土壤供它生存。是什么让它变得这么顽强执着？如果和人生相比，我们活得多幸福自在。当我们遇到逆境的时候，想想石壁上的青松，还有什么困境不能走出来？

人们顶着雨，排队在迎客松前拍照。雨丝顺着脸流淌像一条条小溪，走了一波又一波。人们用虔诚和热情把黄山奇松用相机留在记忆永存，因为这是力量的象征，催发人上进，更是一种鞭策。

雨虽然停了，每个人的黄色雨披仍然不舍脱下。披着黄色雨披在这雨雾里仿佛是一条黄龙时隐时现，在苍翠绿色中蠕动，沿山盘旋。游山的人也是黄山一景啊。

黄山因雨而诗意，因雾而神秘，因怪石而魅力，因"迎客松"而得天下第一松。这闹中有静的黄山、青松、怪石默默地承载着历史长河，一代又一代传下去。岁月在流逝，它们在静观，留给后人永远的纪念。世世代代的黄山没变，看景的人换了一茬又一茬。

我们下山了，心里有点空荡荡的。是对黄山的留恋，还是没看到黄山全景的遗憾？我的感伤是有的：有些离别是岁月，离开今日，再没此时，黄山美在我心里。如果可以，我愿留在黄山的雨里、雾里，留在此时的光阴里，变成一棵青松与山崖为伴，与云海同享一片天地，灵魂再次与黄山亲近。

第二辑　花事心语

## 卑微处绽放的一株菊花

　　中午吃饭时，有一盘剩菜有点馊味，我把它挪一边不吃了。先生脸一沉：你就不能少做点？够吃就行，总是浪费。我回一句：嫌我做得不好，明天你做！我们互不相让地争吵起来。一气之下，我放下饭碗，下楼顺着马路来到江边。天气像我的心情灰茫茫的，这几天身体不舒服，心情也不痛快。其实先生说得对，我只是嘴上不服罢了。来到鸭绿江边，望着平静的江水，江边的风很大，感觉冷风刺骨。踯躅行走间，路边有一公厕，正想方便一下。一脚迈进门，另一只脚尚悬在门外，我犹豫地不敢把那只脚迈进来。四下一看，这哪是厕所啊？我不是走错地方了吧？好像来到几星级宾馆的卫生间。不知道什么时候我市公厕修建得这么讲究。我只是听说，市里为了打造文明旅游城市，下大力气抓文明建设。没想到这么快，就把全市又脏又乱的公厕改造成新型的一流的公厕。这时一位老太太穿洁白的工作服，笑眯眯地对我说："今天有点冷了是吧？没急事暖和一会再走吧。"我点点头，心一下温暖起来。我不断地赞叹这公厕建得漂亮。老太太说："是啊，连北京人来旅游都夸赞我市的文明！"

我四处打量起来：对面一洗手池，上边镶有明亮镜子，右旁边墙上有洗完手后的烘干机，左边有擦手的卫生纸盒，地下干净明亮的地砖，一尘不染。旁边还有自动擦皮鞋机，脚一伸，自动把你皮鞋擦得干净明亮。玻璃窗镶有荷花图案，墙上镶着带图案的瓷砖。处处显露着干净整洁、温馨，让你有种家的感觉。窗台上一盆黄菊花，散发着淡淡幽香，静静地绽放。叶子翠绿，没一点污点。从花朵的鲜艳程度来看，根本不像这个季节的植物，根本看不出这是排泄脏污的地方，倒像一处休闲处。再看老太太一身整洁的工作服，以及和蔼的笑脸，让我感到春天般温暖，一切不愉快瞬间融化了。

当我从盒子里抽出一张纸擦手时，感觉这纸与面巾纸不一样，我擦完手揉个团正要丢掉，老太太笑呵呵把手伸过来。我以为她接过去会放到纸篓里。没想到她却把纸放在桌上，用手慢慢抚平整，然后放到厕里边的纸盒里。我好奇地看着，老太太看到我的疑惑说："每天这纸会丢掉好多，我把它都收拾起来，展平，干燥后，我用这个擦地面、擦墙、镜子。可好用了，不用洗抹布，还省水，又能随时擦脏地方。既废物利用又不污染环境。现在都讲究环保，从小事做起吧。"我的脸一下红起来，老人家几句话，让我无地自容。想到中午和先生的争吵，才意识到自己的不对。大手大脚惯了，总感觉浪费是小事，很不在乎。这时，再面对老太太的笑脸，我内心感受到的不只是和蔼，而是生发出一种敬仰和感激！我说：您做得真好！临走我深深地再看一眼老人，她多像那盆黄黄的菊花啊，带给人们清爽、干净整洁，给人启迪感化。这株绽放在卑微处的菊花，不但美化的是一座城市，更是感化一颗粗鄙的心啊！

回家的路上，我的心情无比舒爽，脚步也更加轻便。心里想着，回家一定要向先生道歉……

## 充满禅意的花

　　黄昏，我散步在荷花池边，看到岸上的柳树，像护法者那样坚守着那池莲花。那株株粉色莲花和白色莲花，在微风中摇曳，把我眼球吸引。莲花那淡淡的笑意，好像夕阳讲了个笑话，惹得莲花如少女般害羞似的抿嘴微笑。那笑意蕴含着禅的意味，散淡而不苛求。这禅意感染着池塘里的鱼儿，围绕莲花儿，欢畅地游来游去。鱼儿被莲吸引，它想下一世，一定修炼成一株静静的莲，不被世俗浸染，让灵魂的清香散发在自然中。

　　满池的莲花在夕阳的润染下，静静地绽放。莲花晶莹如玉，散发的清香如禅意般浸透我心，此时心如莲花安详恬淡，身心清爽。我想：莲花在时光流转中，为佛前的宝座，在孤独中，听了一世梵音佛法，净化了你的身心，灵魂在佛音中得到升华。所以今生你愿化作莲来度化众生；你愿生在污泥中，担当横空出世的重任。污泥不染你的纯洁，你一定在告诫人们：污泥即菩提，世间烦恼即菩提。生长在污泥里就如生在娑婆世界。在娑婆世界里，就像生在池塘里。脚下的污泥是对心时刻的提醒，在污泥里，要小心翼翼不沾一点污垢，即便经受暴雨，莲花瓣上却无一滴雨驻留。那圣洁的心，纤尘不染。心，永远恬静，保持纯净、安详。活在当下，这就是最高修行，也是佛给人们隐藏的恩赐。

你用自己的娇柔，惊醒世人的心灵，让静美、祥和，流淌在世人的心间。无论谁来到你身旁，都会被你的高洁、清雅所感动，都会被你无声的语言净化。你几世修来的功德，就像月光，无论落到何处，你的清辉都是洁白。你像清泉，无论用什么器具舀出来，用什么杯子喝，你的味道都是甘醇。谁都盗不走你的坦然；人多不怕闹，人少不怕静；你跳出世相之外，一种观者的姿态，不喜不忧，不卑不亢，不傲视万物。风来了，随风摆动。雨来了张开大叶不沾一滴雨，把头低下，让雨水沁入池塘，让污泥永远有生存的条件。一切都是佛法，是道场。当风雨去后，就如："风过竹不留声，雁过潭不留影。"缘尽一切皆空，飘然而过，不留痕迹，诸法皆空，随遇而安。此时我被莲的静雅带入虚空……突然一根棍把那朵粉色莲花压弯，一只手伸过来把莲花拦腰折断。女人身边的小女孩兴奋地喊："哇！摘下来了。"妈妈看到女孩高兴的样子，也足地笑了。孩子一手拿着莲花，一手牵着妈妈的手离去。我望着离开池塘里的莲花，离开生它养它的根，还有供它水分的荷叶，就这样被一双无情的手带走了。你的生命还能保持多久？心里充满了对莲的爱惜和怜悯。莲花，但愿你枯萎的容颜能感化母亲的心，万物都有情啊！更何况这是充满禅意的花，有多少人在莲的感召下悟道；有多少人的灵魂被莲净化。

莲的清幽感染我的思绪，低眉凝眸，凝视莲的风雅，你是充满禅意的花，你是修行的花，在莲的神韵中，展现生活的简单和满足。我想象你是如何在污泥中保持你的高洁，而心不被污染，完成你一生的纯洁，绽放盛开，直至到衰老？你是如何保持你的身心不受污染。你没有回答我，但你就这样静静地生长绽放，就是最好的告白。

我知道：别人对你的赞赏和贬低都与你无关，你只是坚守、坚持你生命的信诺：出淤泥而不染，活在当下。

瞬间一朵莲花把它清净圆明的种子悄悄埋植在我的灵魂里，指引我沿着充满佛光的路走下去。此时让我读懂一花一世界，在祥和的心绪里，盛开一份别致的恬静之花。

## 此花开尽更无花

　　午后阳光懒散地从西窗射进来。一杯白菊花茶被阳光映照得清澈透明，菊花绿色的蒂，托着圆形锯齿状的白花，黄色的花芯，像奔放的精灵。这精灵在炙热的水中翩翩起舞，把这个野字写在了杯上。透明的杯子，像一座冰山，菊花贴在杯上，如一朵盛开的雪莲。再放上几粒红色、黑色的枸杞，这一杯茶水一下浓重起来，仿佛一场大型舞剧即将开场。一朵白菊就是领舞者，那黑的、橘红的枸杞如伴舞，围绕着白菊舞动着。慢慢地它们累了，枸杞沉淀了；小朵的白菊像孩子玩累似的睡下了，只有那朵大的，依然挺立，自诩荷花而无瑕。

　　一杯白菊花，和着枸杞，在水里鲜活起来，释放出淡淡清香。呷一口，苦中带甜。或许，只有二者结合才有这独特味道吧。对身体来说，既能够疏风清热、解毒明目，又可解胸闷、心悸、头晕、头痛，也能让眼睛化干涩为润滑。药香的温婉、弥漫，给彻夜温习功课的学生和常守电脑者带来滋养。

　　菊花在它的母体上是鲜活的。而当人们把它采下，太阳把它烘干，没有了水分的身体，如同失去活力的蝴蝶，落在地上失去了生机。当遇到了水的滋润沁泡，它又鲜活起来。它感谢水又一次给了自己生命，所以它使出浑身解数，在水上舞动，那是对水的思念和感恩。小小的菊花，凝眸一季相思，等来了今日的相见。

菊花历来被称为四大君子之一。中国人极爱菊花，并赋予了吉祥、长寿的含义。菊花，虽不像牡丹那样富丽，也没有兰花那样名贵，但它独有的品格：傲霜抗寒，坚强不屈，高洁优雅，芳香四溢，百花中无一花敢与之攀比。人们赞叹它坚强的品格，欣赏它清高的气质，不娇贵，不做作，那种野性的美，让它才有与众多花的不同，引来无数历代诗人画家的情思和灵感。以菊花为题材吟诗作画的很多，给人们留下了许多名文佳作，并将流传久远，得到人们的称赞。

有人赞崇其隐逸的情怀，古人对菊花的赞叹不胜枚举。如陶渊明的"采菊东篱下，悠然见南山"精彩诗句。元稹的《菊花》："秋丛绕舍似陶家，遍绕篱边日渐斜。不是花中偏爱菊，此花开尽更无花。"

南宋易安居士的重阳节，更是怅然思人，对菊独酌。见菊瓣纤长，菊枝瘦细，遂吟出"东篱把酒黄昏后，有暗香盈袖。莫道不销魂，帘卷西风，人比黄花瘦"之句，人菊相对，默默无语。

梅兰竹菊，它们占尽四季春夏秋冬，是人们对人间红尘和人生的感悟。菊花又是重阳节的象征物。"待到秋来九月八，我花开后百花杀。"正是这些品性，人们才在一花一草、一石一木中寄付了自己的一片真情，从而使花木草石脱离或拓展了原有的意义。这是根源于对这种审美人格境界的神往，而成为人格胸襟的隐喻和感物喻志的象征。

菊花在秋天默默开放，它是为了躲避世间的繁华，修炼淡泊的心在这深秋百花凋零、万物萧条的季节里，在山谷、荒野，不卑不亢地独放，平淡无奇，无欲无求地完成生命流程。秋天蒿草凋零，大雁南飞，唯有菊花盛开，让疲惫凋零的大地再一次升腾。只有菊花经历了春的孕育，炎夏的烘烤，风雨的淋洗，在秋末成为最后谢幕的花。我爱菊，是因为它历尽风霜显风华，"此花开尽更无花"。

　　人们喜饮菊花茶，仿佛把菊花的高雅品德吸收到自身上。自古文人和现代雅士都喜爱它，不仅在于它带给人们美味，更在于它君子般的风格，在于它不畏严寒的风骨，不与百花争宠的淡泊，默默无闻而独放。愿"此花开尽更无花"的菊花，滋养我们的身心，修正我们的品德，在凡尘中以君子品德为人处世。

## 低到尘埃的一朵花

　　这段时间，每天看到一个拾荒者，身后背着孩子，在垃圾房寻找能换几分几角钱的东西。每当看到她后背的孩子，被太阳晒得汗珠滚滚，妈妈一会弯腰，一会直起腰板，孩子的头就跟着一会趴在妈妈的后背，一会又仰起来。冬天把孩子捂得只露一双黑眼睛，冷了，孩子把头缩回去趴在妈妈的后背上，把眼睛也藏起来，远看后边像背个小熊。每次看到这娘俩，我都有种说不出的疼。后来我把自家不用的东西攒一起留给她，她感激之余，有时也和我说说她的身世。

　　几年前，她老公突然病故，抛下她和刚刚生下的孩子。从此她感觉天塌下来了，身体和精神也垮了。她没有生活来源，靠哥嫂的帮助度过孩子满月。每天拖着病身，孩子又没奶水，她不知道今后该怎样度过。于是，她想到了死是最好的解脱，便喝下了农药。也许命不该绝，在陷入昏迷的时候，被人发现及时抢救过来。后来，在众人劝说下慢慢走出了自杀的阴影。孩子就是她的希望，为了这一丝光明，再苦再累也要把孩子抚养大，也算对得起离去的老公。从此每天她都背着孩子拾荒维持生活。

一次她在拾垃圾时发现一个心形的小袋子，打开一看，是一条金项链和一枚金戒指。她想，谁家丢失这么贵重的东西，都一定会着急。她又不能一家一家地去问，只好马上回家写了张广告贴在垃圾房上。那几天，有好几个人上她家认领，都被她拒绝了。因为她们说的项链的样式和戒指克数都相差太远。过后还遭到这几个人的讥讽，说她是装"活雷锋"。

一个正装修的大姐找来，她说是自己收拾东西时把装项链的小袋子，不小心裹在不要的东西里扔掉的。经过核实她说的都对上号，她把东西还给了大姐。当时大姐拿出几百元钱给她酬谢，她谢绝了。她说："我是需要钱，但我要用自己的劳动换来，那样花钱才心安理得啊。这东西本来是你的，我只是捡到还给你。"

由于她人品好，开始有人给她介绍对象。一个退休老干部知道她的人品后，主动找到了她，愿意和她一起度过后半生。她和他组织起一个家庭，那个退休干部对她和孩子疼爱有加。从此她的脸上洋溢着满足、温馨、幸福的笑容。而且她把每月节省下来的钱，资助一名贫困大学生。她认为生活不如自己的人很多，能帮就帮一把，自己的生活够用就好。

母亲有对孩子的爱和责任，才有了活下去的勇气，从黑暗中走出奔向光明，才柳暗花明又一村。人只有经过磨难，更懂得知足感恩，也悟出人生的道理。她就像从黑暗里走出的小花，见到光明开得更艳！

我想起一位老师说过："每个人都会有迷惘、失落、心伤与隐忍的时刻，在那个黑暗时光罅隙里，也总会有一些救赎的东西在生命中出现，然后我们就是靠着这些东西拥有继续生活和爱下去的勇气。但往往这些治愈我们的东西，并非功名利禄等，而是低到尘埃深处的卑微存在，比如一朵似红未红的莲花，一棵宁静沧桑的大树，一段伤感低沉的旋律，一缕阳光，一本书，一个远方的人……"经历了磨难，也感悟出生活的真谛：看淡一切，万事万物都是过眼云烟，"如梦幻泡影，如露亦如电，应作如是观"。

## 风铃

那天下班坐在窗前，望着那串风铃随风悠荡，发出悦耳声。那悬着四季的音乐和蓝天协调着，和风儿协调着，和窗台绽放的月季花协调着，此时和我的心情不协调。

风铃的摆动，是因为有风吹动，心和风铃一样，有点风吹草动，也随着外界转动，此时我的心就像风铃被风吹得动荡起来，但没有风铃悦耳，只有满腹的委屈和不满。

上班以来我尽职尽责，力所能及地去做好每件事。事情总是这样，自己努力了没有得到认可，没有得到应有的回报和公平，心里总有种委屈。我并不是为小事斤斤计较的人，但有些时候感觉别人在抓你大头，心里有种不平衡。虽然我平时大大咧咧，在利益面前不太在乎，但吃亏占便宜我心里有数，我不会计较，只是不说罢了。

最近两件事，让我心又起波澜。

单位搬新平房，后边有一块空地。我说咱们都分一小块，种点小菜，既当消遣，又可以吃不上化肥的菜。他们都说："不要，自己家房前屋后种的菜就够了,就你家住楼房没菜地,你种吧。"我感谢大家好意的同时开始忙活起来。

这空地是盖房子翻起的黄泥黏糊糊的,如果不改变土质根本不能种菜。所以每年都求人往地里拉炉灰,当然也没少请人家吃饭。三年后这块地逐渐变黑,泥土变得松软了,菜长得绿油油的,吃不了亲朋好友都帮着吃。正当我辛苦地在这块土地上耕耘收获时,突然有人说:"这地我得要一半。"当时我有点不知说什么好,沉默半天:"你随便吧!"此时几年的辛苦浮现在眼前,当初你不要,我把地变成黑土了你又要地了?我有种被抓大头的感觉。大概我还是凡人吧,有种说不出的委屈涌上心头。这是一件事。

第二件事。我这人在外交方面还有那么点能力,需要联系外单位业务都是我去。几年来给单位带来很大效益。就因这可观的效益,得到上级的认可,奖励我们单位一笔可观的奖金。20世纪80年代工资都不高,大家都看着这奖金如何分配?万万没想到领导自己留下,说是局里奖励领导的。可以这样说,这几年的经济效益有我一多半的功劳。我付出的一切只是为他人作嫁衣?常人的烦恼又来了。当时想,即便是奖励你的,你拿出一分钱分给和你一起没黑没白,没星期天做事的同事,也让人心暖啊,如果真给我,我还真不一定要,但是不给我,心才不平衡呢。大家都愤愤不平,这不是钱的问题,而是不被认可。

我是个没记性的人,多少次受愚弄仍然敞开心扉用善良去原谅一切,找好多理由原谅对方:我的生活条件比别人好,就让出去吧。我像孩子一样的信任我身边人,即便一次次地被愚弄,但仍然固执地相信善良,宁可人负我,我也不负别人,所以没少受伤。但我仍然相信善良是做人的根本,人欺天不欺。我心就这样敞开着,迎接春暖花开,即便迎来寒风刺骨,而我总不肯关上它,我仍然期待春暖。

那时我经常听到另一个声音:别计较这些身外之物,多一点富不了,少这些穷不了，每次自己吃亏我都这样想，就这样一次次地原谅别人，也放过了自己。但下一次遇到同样的事心又起波澜。心，这个东西就像风铃遇到点风就摆动起来，但我不如风铃，风铃无论被多大风吹，照样我行我素发出悦耳的音乐。可我还要和另一个心斗争一番才安定下来。

室外晚霞染红半边天，红彤彤一片，我站起来用手荡一下风铃，它披着晚霞荡漾着，霞光活起来了，仿佛那霞光种到我心里，突然长大充溢全身，我被夕阳覆盖着，身心被清洗，浸透着，身心清爽起来。

我用手把风铃稳住，它静静呆望着我，仿佛对我说：你很富有了，干什么还计较那些？这几年你改造土壤锻炼了身体，使身体更好了，你该感谢。那些土质也会感谢你，因为你给它带了黑兄弟，有啥好委屈的，你乐呵呵让出去吧，别为那些失望和失去难过，太廉价了。

想想，我有健康的体魄，有幸福的家，生活不缺吃穿；我有心灵的家，那个家给我带来无限的快乐！

我喜欢在阳光下打太极拳，我拥有明媚的阳光；我喜欢明月，每晚它陪伴我在天地畅游；我喜欢树，树在，喜欢大山，山在，喜欢花草，花草在，我，还健在。我还要怎样更好的世界？

我享受晚霞的灿烂，因为我心里有快乐，才能享受这一切，我失去物质和利益是表面的，再失去内心的宁静，才是更蠢呢！想想，我比别人多幸福啊。幸福的人不会因为不幸的事变成不幸福，不幸福的人也不会因幸运的事变成幸福，所以我是幸福的。

此时心如一轮明月开朗起来，淡淡的柔情充溢全身。我真的很愚蠢，我拥有的够多了，我竟然无所知，我老是计较着，老是不够洒脱。原来外界的一切像风，吹得心动荡不安，心要不动多大的风能奈我何呢！

抬头望一眼天空，多宽阔，能容纳万物。天空那份坦荡，那样无私，那样深邃，大地那样厚重，能承载一切。天地没有分辨心无所求地包容一切，承载一切，所以才长久。只要快乐活在当下，就是最大的富有。

这样的富有，能用名利来衡量吗？

　　感恩一切的遇见和所谓的吃亏吧，感谢那些失去和委屈把心撑大，变得洒脱，拥有宽大的胸怀，你还说你得到的少吗？

　　我望着风铃：对不起，过去我总把你看成风，让你动荡不安，以为我心和你一样，有风吹就动荡。我只是看到你表面，其实你的心永远不会被风动摇。风越大，磨难越大，你的歌声越嘹亮，你送给人们的永远是悦耳的音符。

# 路

当妈妈搀扶我迈开第一步，路就在脚下诞生了。虽然走得跌跌撞撞，有时摔得有点疼，但那是甜蜜的疼痛。仿佛知道，只有反复地跌倒爬起来，才能迈出坚实的步伐。路，从此就像人生的起跑线，在我脚下无限地延长……这条路有孤独痛苦泥泞的跋涉，有平坦顺畅、欢歌笑语，我都坚韧地走过来。

记得小时候，我只要抬脚，就是跑。大人说，这孩子不会走路就会跑。再大一些，我总感觉浑身有使不完的劲，觉得只有跑才能发泄我多余的能量，仿佛只有跑才能快点长大。因为只有长大了，才能照顾爸爸，孝敬爸爸。因为喜欢跑，在学校篮球场上大显身手；因为喜欢跑，路在我的脚下缩短。生命的能量在奔跑中储存，在奔跑中焕发青春，在奔跑中弥补我生命的残缺。

老师知道我腿脚快，有跑腿的事都让我去。有一次老师上课忘带做实验的仪器，点名让我去办公室取。我出了教室门就往老师的教研室跑去。当跑到办公室门前时，一位老师从门里出来，由于我的惯力正好撞到老师身上，我的头把老师的眼镜撞到地上摔碎了。我傻傻地站着，等待老师发火。然而老师说："没事的，你以后别再不管不顾地跑了，你要摔坏了咋办？人生的路还很长，要慢慢地走，慢慢地体悟每一天的快乐。"一句温暖的话让我知道，人生的路很长，需要慢慢地走。

童年的我，同爸爸走在风雨漂泊的路上，那条路充满了艰辛凄苦，那是用孤独的泪水浇灌的路。没妈妈的我，心里深深埋下了自卑和悲观，埋怨生活对我的不公，充满了怨恨。当我看到拾荒、要饭的，我才知道我比他们幸福多了。慢慢地，我懂得了人生不只是自己有不幸，还有很多不如自己的人。

有一天，我在人行道上看到有一个年轻男子，身体弯曲到膝盖，双手各拿一个木头小板凳，板凳代替双脚，板凳和双臂支撑身体。当他累了的时候，把胳膊支起来，把身体托起，两条腿悬挂在空中，才能抬起头看周围的一切。我看得心酸，路在他的脚下是多么艰难。能抬起头看风景对他是多么奢侈！我想起一句谚语："人家骑马我骑驴，回头一看还有抬轿的。"相比之下，我们有健全的体魄就已经拥有了幸福。此后，我把怨恨自卑埋在时光的深渊里，披着阳光走路了。

我开始乐观地看待生活的一切。生活虽然残缺，但也凝聚成我骨骼中的"钙"和血液中的"铁"。这条路让我懂得善良，练就我开朗、坚强，不怨恨。如果没有妈妈把我带到这世界上，我怎能游览人生路上的多彩风光？怎能品尝生活的酸甜苦辣？没有爸爸的养育，哪有我的今天？是他给我一个遮风挡雨的家，让我懂得感恩。这些宝贵的财富，我受用一生，让我的人生与众不同。周国平说过："童年是人生沙漠中的一口井，始终携带着童年走路的人是幸福的。由于心中藏着永不枯竭的爱的源泉，再荒凉的沙漠也化作了美丽的风景。"我就在这风景中快乐感恩地前行着。

学生时期，我一直担当学生干部。每天走在学习的路上，我不知疲怠，也丢掉了自卑。那种单纯求上进，不计个人得失，让我懂得，付出才是最大的快乐。这条路是用知识、勤奋、刻苦、憧憬、幻想、浪漫铺成的路。那段蓝色时光，留在青春的路上，闪烁异样的光彩，给我中年打下了坚实成熟的基础。

当我找到人生的另一半时，我征求爸爸意见。他说："人生的路你已经走过20几个春风、秋雨、夏花、寒冬，你该知道自己的选择，不用爸爸再帮你了。人生的路还得靠自己走，即便是失败也是财富。"爸爸的话，坚定了我的选择，也造就了我做事果断的性格。

中年的路走得忙碌，时间无情地给姑娘们脸上增添了皱纹，给小伙子们增添了白发。这个阶段，是奉献，是付出。为了事业和家庭，我尽最大努力完成人生这个辉煌阶段。这个阶段的路，仿佛不是我在走，而是路在牵引着我。

中年的路，也让我感到生命的短暂和无常，让我懂得珍惜生命。珍惜生命的同时，我懂得要更多地为他人付出，要有一颗慈悲感恩的心，积极乐观地寻找生命的快乐和幸福。人生的路蕴藏在"平淡"二字中。心存淡泊，静享平淡，就会坦坦荡荡、轻松愉悦。在平淡中保持一颗宁静的心，幸福着自己的幸福，快乐着自己的快乐。淡定从容，方能潇洒自如地走在人生的路上。

每个人心量不同，所处的环境不同，走的路也各不相同，但书写的都是人生的足迹。每一次跌倒都是一次考验，每一个脚印都是生命的诠释；路的尽头，仍然是路，只要你愿意走。条条大路通罗马，就看自己怎样走下去。人生的路很长，任何经历都是积累的财富。经历的多生命才有长度，经历的多生命才有厚度。

在人生的旅途上我们都是永恒的寻路人。

## 没时间老去

十几岁时有人问我：你今年20几了？20几岁时，有人问我：你30几了？我真不知道我哪地方长得老成？当时想，如果我是被养的猪，主人一定会高兴，没喂几天就长大了，省了多少饲料啊？中年有人问我年龄，我打个提前量多说几岁，怕人家不相信。由于家里只有爷俩，从小就有种责任在身：我得好好学习，快点长大承担起家的重任。心可以造相，我大概总想快点长大，所以就长提前了。但没母亲、没兄弟姐妹，长得又老又不漂亮成了我的自卑。

很庆幸又老又丑的我也嫁出去了。当有了自己的家，又有了新的责任，抚养孩子，照顾家人，又要上班。那时感觉自己是陀螺，被岁月的鞭子不停地抽打，不停地旋转。即便很累我也无怨无悔，尽我各个角色的责任。有人说，我是为别人活着。我感觉很好啊，说明自己还有能力，活着没事做和死人有啥区别。有事做就有期盼，有奔头。那时候我上下班时的兜里都背着毛线，工作之余，织毛衣。当时我织毛衣是引领新潮流的，凡是我见过的花样，都能编织出来，而且不重样。特别是孩子的毛衣，我用一颗童心设计得都很新颖。当自己创新一件新款毛衣，我会兴奋几天，也感觉到自身的价值。

我喜欢做咸菜，很多人都喜欢吃我做的咸菜，有人说我做的咸菜赶上六必居了。每到秋天开始晾晒萝卜，有人老远就喊：咸菜西施，又开始做咸菜了，别忘了带我一份。有的孩子在国外父母去看她，别的不要只要求带我做的咸菜。所以我每年都做好多咸菜，为的是让想吃我咸菜的人都能吃到。工作上凡是与外单位需要联系的，都是我去，领导认为我有点外交能力，慢慢我有了自信。就这样我忙活了前半生。

还有一年退休，先生突然脑血栓倒下了。我每天服侍他，开解他，我不在乎累。关键他自己不接受现实，心态不好耍脾气摔东西大吵大闹。委屈的我又不能和他发脾气，感觉自己的天空乌云密布。委屈的我有时来到野外，面对大山，仰起头，往事和现实扭在一起悲从心涌，眼泪像打开闸门的洪水……老天像助威似的，雷声雨声伴着我的哭声！发泄够了回去生活照旧。

慢慢地，我适应了先生的病态。我是他的拐杖，每天扶他下楼，他整个身体重量落在我肩上。这样阴霾的日子过了三四年。几年后他逐渐能自理了，心态也好转，我也卸掉重担轻松了。

为了这个家我开始调整身体。我报名参加北京一家太极文化学院函授。练的是内功太极拳，我把他安排好后，上北京、深圳学习了几次。通过练功我的身体逐渐好起来，内心境界得到了提高，对万事万物的规律有了认识。我再也不会在回忆里苦痛着，把自己从过去和现实里解放出来。从此我除了照顾好他外，就钻研太极文化理论和练拳。

太极文化与其他文化不一样，不是理论上明白，而是身体里边明白了，才是真的明白。几年后我身体终于明白了什么是真正的太极。精神有了寄托，生活有了质量，对他更是细心照顾，因为这是我的责任。

生命有裂缝，阳光才能进来，生活有起有落才叫人生。通过太极文化我学会了挥袖从容，暖笑无殃。老天给我关了一扇门又给我打开一扇窗，每天都在充实愉悦中。当分别几年的朋友回来看我第一句话："你没有多大变化啊，我以为你这些年家事这么多，不知你该变啥样呢！"我说："我没有时间老去，心态平和地做我该做的事。我是抓紧时间年轻，不让自己老去。你们是抓紧时间老去，不让自己年轻。"说完后我们大笑起来。这几年爱笑是我廉价的广告，大家都知道我心态好总是乐呵呵。一开始，我是为了更好地照顾家而去锻炼身体。当我得到这一切，我感激这个家，为了这个家我走上这条路，反过来我感恩这一切。变着法地优雅。

最近几年听到最多的一句话："你吃啥灵丹妙药了，还这么年轻？"有一次在街上，一个女人上前喊我的名字，你还认识我吗？我愣愣地站着，不知道咋样称呼。她说，我20多年前在你厂当两年临时工，你当时对我很照顾，你想不起来吗？我的妈呀，我哪记得啊？20年前还都年轻，现在岁月的沧桑留在她的脸上。我搜遍记忆旮旯也没找出这个人的真容。她一个劲夸我："20多年了，你咋没多大变化呢？我一眼就认出你了，怎么保养的？"我只是笑笑说：傻乎乎地活呗。

我自己也感觉与同龄人相比，我要年轻些。不是外表，更重要的是心里。我的时间在逆转，道家说：返璞归真。其实身心的安康，就要永远保持年轻心态，你的心态就是你的年龄。因为我在每个年龄段，都有自己的爱好，所以大脑没闲着，这也是我年轻的一个重要原因吧。

我喜欢一切美的东西，喜欢养花，喜欢小动物，喜欢游玩。我书柜里放些小动物摆设，那些憨态可掬的玩物，看一眼仿佛我还是和它们一起玩的孩童，过去我更喜欢折腾家具和床，一年最低也得换一次方向，有个新鲜感。先生没病时出差，我会把家粉刷一遍，家具换个位子，一切像新家一样。他回来会说：这是我的家吗？我在先生心里是有名的折腾老婆。只要不让他干，他也很喜欢。有颗不老的心才有折腾的能力。

过去我喜爱看小说，现在喜欢文学经典。喜欢听歌，喜欢歌词，喜欢肢体语言，喜欢去大自然里陶醉。每年春天都去野外和山水相约，和它们疯玩几次。基本两年出去旅游一次，在风景优美里畅游，在奇山异水里陶醉。如果没有年轻的心态，就会失去生活的热情，失去对美的追求。

　　最近几年我开始走进文字的海洋，虽然不会游泳，但我这人一旦想做，就不放弃。在有生之年做个文字的主人。我一切都从头开始。学习电脑上网写文章。每当写完一篇文章，自己心里美滋滋的。写作给我注入年轻活力、增添生命新鲜血液。

　　文字是我生活的拐杖，它扶我走向优雅愉悦的殿堂。用文字播种在我心灵的土壤里，绽放鲜艳的花。优雅在我的外形里，在我一举一动上，所以我没有时间老去，也未曾老去，时时耕耘时时收获。生命需要新鲜的血液支撑，灵魂需要优雅的抚慰。在充实中保持一颗不老的心态，你就永远年轻。

## 每朵花都有悦人之美

有人送我一株花，叶子两寸长，看不出好与不好。但这花名我不喜欢，她说叫"美国大姑娘"。我一听，有种反感。美国姑娘就好看？哪有东方人美啊！再说这名也太土了，一定不是什么名花，随便起个名罢了。我心里不想接受，但人家好心送来了也不好推辞。

我每次给花浇水，都在其他的花前用心，有点黄叶子就剪掉。只有这株无名花我不理睬，浇水只是尽义务，转身就走。客人来问我这花叫啥名字，我说"不知道"。

可是它就像春姑不矫揉不造作，朴朴实实倔强地疯长起来。好像特意气我似的，你看不上我，我就霸道地长，除非你把我连根拔掉，否则我就长，看你能把我咋样？

叶子越长越长，有一尺半长，有一寸多宽，长得太快，叶子都躺下了，像缺钙似的，没有君子的样，就像无家教的孩子。你看君子兰不开花，只看叶子就很美。瞧瞧你越长越像壮男人，没一点温柔和媚气。每次看到它我都这样想。

它可不管你如何看它，就野蛮地长，那种霸气唯我独尊的样子，仿佛眼里看不到外界一切，精神内守，只管自身的成长。它那肥壮的身躯把其他花遮盖。特别是两盆芙蓉花是我的最爱，被它的大叶子给压得抬不起头。我一看这不行，你也太霸道了。我就把它叶子拢起来用带子捆上，它就像犯了天规被囚禁起来。这样过了一冬天，二月末，三月初，我无意间发现从它身边冒出一个比叶子有厚度的尖尖的头，用手捏还挺硬。几天后它猛蹿起来，我一看这是花骨朵啊。好家伙，你还真行，不理不睬，当百花还没醒来，你抢先迎春来了。你怕百花都盛开，没人欣赏你是吧？还是因为我对你的不公，才这么早开花来博取我的爱？我以小人之心度君子之腹，开始关注它每天的变化。

　　这花骨朵像孕妇，肚子一天天大起来，最后开裂一条缝露出一丝红，我想，它和人一样吧？受孕辛苦地培育胎儿长大，既要供养胎儿，又要自己把主干催高。我开始给它浇些营养液，半个月后，它的主干像一根粗壮的棍子，顶着花骨朵长得比叶子还高一头。花蕾开始露出一点缝，我想花儿就要诞生了，这过程就像女人分娩，一定也很痛苦。我心柔弱起来，对它充满了爱怜。

　　第二天，一对花儿挣脱绿衣的包裹，红灿灿的，在晨曦的映照下更加鲜艳，具有血染的风采！六个长长的喇叭形花瓣，鲜红得好像母亲的血还残留在花身上，让花儿记住，是妈妈把你带到这个世界的。花瓣中间有白色条纹，把花瓣分成两半，像肚脐的一条线。花芯黄绿色，从花芯冒出的六个黄色蕊，像蝴蝶须子颤巍巍，又像花儿要说话的小嘴。

　　几天后另一对花蕾也开放了，四朵花面对面绽放，像邻居，像姐妹。红彤彤的花瓣，互相打着招呼，彰显它们各自的恩爱。我看着这两对不起眼的花儿，还这么重感情，好让人羡慕。你们同生死共患难来到这个世上，不取悦谁，只为了你们的爱情。虽然没得到我的爱，但看到你们如此恩爱地绽放，让我心生愧疚。如果当初送花人说"这是名花"，我一定会加倍爱护。我像个势利鬼，不可救药地狗眼看人低，我用分辨心不公地对待你，就因为你无名，就因为别人给你起了个土气的外国名字，我就对你有偏见，真的对不起！

你生命的流程告诉我，一颗心无论对人对物都要一视同仁。再微小也是生命，再卑微的花都要绽放。任何一种花开花落，都是生命的展现，都是岁月的馈赠，都是我们今生的缘分，都该珍惜彼此。

后来听说你也是兰花的一种，在你的同类中，你就像灰姑娘，上不了大雅之堂，流浪在凡尘。在岁月里你像无名小草一样朴实，不自卑，不抗争，在百花沉睡的时候你第一个报春。

我爱你对爱情的执着，爱你生命的旺盛，爱你的泼辣，不卑不亢，爱你的艳丽——"对子兰"。

## 相逢四月，不醉不归

柳枝遇到了四月，一夜间换上了淡淡绿装，那嫩黄的芽儿挂着清露欲滴，像精心打扮的女子，风情万种般在秋千上荡漾。

桃花遇到了四月，羞答答露出了笑容，几个早晨就妖艳芬芳起来，你在她身边，甚至不好意思穿鲜艳衣裳。

小草遇到了四月，编织了绿色的网，寸土必争地占领位子。

春雨遇到四月，如千万条丝线、绣着绿水青山，诗意般滋养大地。

四月是心事与万物相遇，是爱的天堂。

在四月里，一切仿佛是一种善美的缘，无约来四月相逢，醉了天，醉了地，醉了我。

人间四月天，让我想起林徽因的那句话："你是一树一树的花开，是燕在梁间呢喃，你是爱，是暖，是希望，你是人间四月天……"四月是温和的、是柔美的，是心事与万物相遇的季节。

我喜爱人间四月，那是充满生机，催发万物向上的季节，仿佛我身上的每个细胞都被催发出芽芽来，就连最坚硬的石头也生出了温柔，长出了小米苔花样绽放。万物都在四月天里相遇、相知、相爱、相续……

缘分就是这么巧，在我最喜爱的四月里我的梦也开了花。

我与他结缘，从此我就一发不可收地爱上了四月天，爱上了他的文字，爱上了他的人品：在他的文章里，我才知道文字要多美就有多美，美得让人心醉！特别是在他笔下的每一个字都那么鲜活，充满了灵气、才气和诗意。他就是我崇敬的朱成玉老师。

我刚上网时自己不会写文章，但喜爱看别人写的文字。所以四处闲逛，这看看，那瞧瞧，像一个没见过世面的孩子，充满了好奇，突然有一天在微博上看到朱成玉的散文，它像吸铁石一样一下把我吸去。

他的散文不但文字美，又是那么贴心感人，特别是每篇文章题目都充满了诗情画意。如落叶是疲惫的蝴蝶，为一朵花披上袈裟，爱一朵花就要陪它盛开，每一滴雨都在认真地落，等等。如果单独一字看并不出奇特，可是经他的妙手组合，就变成了金子般耀眼。

他的文章不是一件华丽的外衣，而是外衣下感人的真善美。从此每天我都情不自禁地来朱老师的微博看他的文章。因为我不会点评，总看人家的文章也不给个评语，自己也不好意思。有时偷偷地去，然后偷偷地溜走，有时留下个小手点赞；有时把我特喜欢的文章，转载到我的微博，再把他的美文转到QQ空间做成音乐日志，没事的时候我听着音乐，欣赏他的美文，对我来说真是莫大的享受。慢慢地我也有种想法：自己能不能，在有生之年，也跳到文字海洋里扑腾几下呢？用文字把自己一生的经历保存下来，留给后人，证明自己曾经这样走过。这是我最初的意愿。

由于自身年龄已不再年轻，水平有限，喜爱老师的文笔，但变不成自己的东西。但我心不甘，我开始大胆地加朱老师好友。当我有这想法时，心怦怦地跳起来，我怕老师不加我这无名之辈。我等了两天，老师看到后，同意加我好友。虽然当时和我没说话，但我很满足了。这样的大作家能加我好友，是我多大的荣幸！后来老师成立文学群，把我拉进群。我每天在群里看大家和老师的文章，还有老师的点评，学到了很多不曾了解的东西。

　　后来老师开始办培训班，我最早没参加，因为都是年轻人，我怕自己跟不上。几期后我还是忍不住报名参加了为时半个月的金手指培训班。这期间我认真地听老师的授课，也得到老师的指点。我自己存在的问题，从此该从哪里努力。慢慢地，我的文章也能发表到纸媒上。我为了进一步学习，老师的书我都买来细读，他的书成了我床头每晚的催眠曲。从一件事看出朱老师心地的善良，我要买他的书，他告诉我："这几本书你就别花钱买了，以后会在微信平台陆续发表，你在那里看吧。"哪个作家会说这样的话呢？这不是谁都能做到的。

　　我买他的第一本书：《每一滴雨都在认真地落》。我看了两遍，老师对母亲、父亲、祖母都描写得那么细腻感人。比如母亲："母亲用皱纹，用后半夜的一盏油灯，用老花镜。用哆哆嗦嗦的手，用手上的针线……爱着我们，却极力不发出声音。哪怕一声咳嗽，都埋在一块柔软的巾帕里。"

　　他写父亲："起风了。我与风并无恩怨，只是，他的每一次到来，都会吹落我心头的泪水。我的泪水为父亲而流，我一生的泪水中，父亲，是最大的一滴。风对着一棵树推来搡去，像推搡一个人的命运。那棵树像父亲，看着消瘦，却苍劲有力，我们是他的儿女，一根根枝条，健康地成长，想找不同的方向……风像鞭子，抽打着父亲这个陀螺，一生无法停止劳作。"

　　他写爱干净的祖母："一生都在不停地打扫，我想那是她在努力打扫时光里的苦楚，擦拭命运的阴霾吧，使一个个日子变得明亮而欢快。祖母走的时候，背驼得快挨着地面了，她在无限接近大地。这个不肯在命运面前下跪的人啊，一个躲闪不及就埋入了荒丘。祖母的墓前，我放了一只扫把。我们每次来，都会把她的墓地打扫得干干净净。我们知道，祖母的一生，与灰尘为敌。因为她是一扫把，是地面的云。"这样动情优美的文字，感人肺腑，让人流泪。我当时写了一篇读后感，虽然写得不好，但我把心里话说出来了。

特别是去年老师的《作文九讲》一书，对初学者太宝贵了。老师毫无保留地，把写作技巧等告诉大家。正是一书在手，不用外求，只要努力你也可以当作家。当然除我之外。

人间四月天里我与朱老师结了缘，他既像师长，又像可爱的小弟弟，没一点大作家的架子。那温和的语气，细心地关照他群里的每一个同学。他把每个学生的生日都记在心里，在群里送去祝福。有时忙得忘了谁的生日，他会内疚、抱歉。这样的老师如今能有几个？有人为了钱，讲课像完成任务，而老师反复讲解，生怕辜负了学生。

我很赞成他说的话：写作其实就是一种修炼。这些年他与写作一起成长，他也变得越来越完善，因为他修得一颗正直善良的心。正像他说的："在写作过程中，会逐渐地让自己改掉很多不好的习惯，也抵制了很多诱惑。"这段话这几年我深有体会。自己不善良写不出善良的文章，自己一身毛病写不出真善美的文字。

结识老师是我的福气，在他的身上我不但学会了写作，还学会了如何做人。

朱成玉，你是人间四月天，温暖了万物，激醒了沉睡的文字。你把文学的种子撒满大地，在大地上开花结果。

我爱你人间四月天。

## 以厚为富，以道为贵

一

读蒋子龙的作品，我第一感觉，他具有鲁迅的风格。他的文字朴实，语言流畅、犀利、精练缜密，又充满了正直善良。在当今喧嚣浮躁的社会，能保持一种理性和冷静的思考，是难得的"重量级作家"。

在他的文章里我感受最深的是，他的语言独特精练细腻，没有一点拖泥带水；他的作品题材重大，有强烈的时代气息，读了以后让你有精神上的觉醒。而且谈古论今，用传统的文化对比今日的时事，间接地告诉我们中国人不能都丢掉祖宗的处事精神和美德。

他的《文化以厚道为中心》一文更说明他崇尚厚道，也是中国人不可丢的厚德。

"在南充的仪陇的金城山上托着一幅巨大的'德'字，世界最大的单字石刻，张扬着从这里走出来"两德精神"——解放军朱德和普通一兵张思德。他们最大的特点就是厚道：'以至仁为厚德，以至诚为厚道。'这里的古人落下闳、周舒、周群、周臣等人，都是尊厚道而宏大德，谋道不谋富。"

厚德，是博大胸怀。仁、礼、智、信，这是几千年老祖宗留给后人做人的宗旨，也是我们做人的德行。厚德就像大地一样宽厚，容载万事、万物、万象，做人要以德为上，做事要以德为先，也是作者做人的厚德。

作者对南充地理的描写，以景物、动物，宣扬着厚德，让你身临其境流连忘返。"南充山茂水丰，万物欣荣，是天造地设的一方厚土，一会水在山中，一会城在水中，浩波荡漾的嘉陵江，穿山过市，盘来绕去，极尽婉转，极尽妩媚，养山润城。"一方水土养育一方人，一方人保护一方文化，这些文化对他们的子孙有着潜移默化的作用——培育了他们的厚德。

就连那里的牛群都是一道人见人爱的独特景观。"每天日出时两岸各户农家的耕牛会一起出圈，渡江上岛，享受岛上清新的绿草。日落时，吃饱的牛儿又自动一齐离岛，渡江回圈。每次有一百余头，由最雄壮的公牛领头，母牛殿后，将小牛夹在中间，瞻前顾后，时时照应着小牛。有时母牛还要将游不动的小牛驮到自己背上……它们昂头四顾顶波踩浪，蔚为壮观。"细腻的描写，让这些牛们具有了浓浓的人情味！动物都懂得厚道仁慈。"莫非牛们也在向人类演示一种生存应该有的厚道？"作者在告诫人们什么？

在经济腾飞的时代，人与人之间淡漠、冷酷，金钱至上。丢掉了那些本该具有的厚道和美德。传统的文化，离我们越来越远。人们把自己变成了金钱的奴隶，名利地位，欲望膨胀，身心疲惫地活着。

厚德是中华文化精神之魂。在新的历史时期，我们每个人需要厚德以贯之，念念厚德，事事厚德，处处厚德。"积累厚道，则物自归之，犹如林深而鸟栖，水广而鱼游，以厚为富，以道为贵。"

## 二

时间无头无尾，
空间无边无际。
人的一生所占据的时空极其有限，
我们不知道的领域却是无限，
对"无限"我们理应"敬畏"。
生，来自偶然；
死，却是必然。
偶然有限，
必然无限……

这是作者在《生死传奇》里一位98岁高龄老人国学大家文怀沙，为他91岁高龄的"少年老友，老年小友"林北丽先生写的悼诗。这篇文章虽然论的生死，但让人轻松、让人理智思考生死。作者通过两位老人的经历阐述了生与死，又把他们人生经历描绘得有声有色，感人肺腑。两位老人在历史的交错中相识聚散，都是满腹经纶、文采飞扬。但林北丽老人命运多舛。她美如林黛玉，又满腹诗文，是难得的一位奇女子。

80多年前林北丽还是一个小姑娘，在西湖边玩耍，不慎落入水中，少年的文怀沙冒死把她救上来。那是"救生"，救她不死。

80多年后的今天，林北丽命在旦夕，她知道自己来日不多了。病魔折磨得她生不如死，所以她便向她的发小好友索要悼诗，以求早日解脱，安然离去。

今日要"救死"，救度她轻盈驾鹤，死而无痛。都说，救生最大，今日文怀沙老人救死也不能说小啊！简直是不凡！

百岁老人此时俯仰泪满襟，"焦肺枯肝，抽肠裂膈"，却压抑着自己的悲怆，寻找着能说透生死的方式。他知道林北丽这样的奇女子，她不会惧怕死亡，只是不想平淡地死去。因此，他的悼诗不是救她不死，而是送她死而不痛。这比"帮死人说活"要难上几倍！文公长歌当哭挥泪写下了：

> 老我一生，惜我者已死
> 生不足喜，死不足悲
> 不必躲避不开心的事物
> 用欢快的情怀，迎接新生和消失
> 对于生命来说，死亡是个陈旧的游戏
> 对个体而言，却是十分新鲜的事……
> 生命不能拒绝痛苦
> 甚至是用痛苦来证明
> 死亡具备治疗所有痛苦的伟大品质
> 请你在彼岸等我，我们将会见到生活中的一切忘不了的人……
> 一百年才三万六千天，你我都活过了
> 三万天，辛苦了也该休息了
> 结束这荒诞的"有限"
> 我不会死皮赖脸地老是贪生怕死
> 别忘了，用欢笑迎接我与你的重逢……

"文怀沙老先生经历了百年的沧桑，参透了生死，其情其诗，足以惊天地泣鬼神，还不能慰藉一个智慧美丽的灵魂吗？"这也是作者对生死的论述。他看透生死是一种转化，死，是为了下一次的轮回，死，是一个物质转化，没什么可怕。因为这是人从生下那天必到的终点，这是无法改变的。

文怀沙老先生能把生死看透、看开，这是需要大智慧和大勇气的。"因为他曾经是热烈壮丽地拥抱过生命的人"，所以才能从容面对死亡，跟生命说"再见"！

老子说过：不丧失根基的人就是长久，死不被忘的人最长寿。

蒋子龙的文章大气朴实、正直，感人肺腑，厚道里孕育着智慧，感化人心不轨，充满正能量。

## 忆雨

　　一道闪电划破天空，一声闷雷，像战鼓把每一条雨催醒。一条条雨哗啦啦地像一个个调皮的孩子，带着笑声，争先恐后从天上跳到地上，激起一朵朵水花，连绵不断地盛开，水花一圈圈放大变成了一片汪洋。热浪让雨水浇灭了，空气骤然凉爽起来。我站在窗前，沉醉风雨在大地舞台的演绎里。

　　不知什么时候雷公消失了，风婆婆远去了。雨像高八度的音符一下降到低八度，雨条变成了雨丝，缓了、温柔了，不紧不慢地淋洒着。突然一个穿着白半袖红短裤的小男孩，闯入我的眼帘，像一朵含苞待放的花朵儿，在水里兴奋得小脚丫不停地拍打水泡花，一朵水花散去，另一朵又跑出来，他的小脚丫就这样和水花玩耍。雨淋在他的脖子上，他把头缩着，雨从他头上顺着天真的小脸，小溪般地流下。雨湿了眼，他不时地用小手摸一下，睁开双眼，张开小手配合着小脚丫，不停地拍着，嘴里不时地发出嘻嘻、哈哈哈……此时他眼里只有雨花和小脚丫。

　　看到孩子在雨中玩耍，突然那个孩子重现了童年的我。小时候我一看到下雨，就像鸭子见到了水，不管不顾地往雨里跑，爸爸在身后大声地喊我的乳名："小月，你回来！这孩子怎么见到雨，就像疯了一样。"我装作没听见。雨淋得我睁不开眼，但我心里的眼睛是亮着的，我知道这雨是妈妈来看我。兴奋的我大声地喊着、笑着、跳着，投入雨里。脚下的雨水变成了浪花，溅起的水飞到膝盖上，和头上下来的雨帘汇合成了一股温泉流下，从心至外地温暖着我。哗哗的雨声烘衬着银铃般的笑声，在大自然的舞台上，自演自唱得有声有色。脚丫在雨中疯跑，无拘无束地在天地间撒欢，大地托着脚丫，脚丫在滑滑的泥水里，散发着妈妈的芳香，身心融入雨里，那久违的快乐，只有在雨中……雨水流到嘴里，吧嗒吧嗒尝尝雨水的味道，原来雨水还有点甜，像母亲的乳汁。我仰着脖子张开嘴巴，贪婪地吸吮……我想，如果没有衣服包裹，让雨儿滴在光裸的肌肤上，那该多舒服啊！也许，那就是回归自然、回到母亲怀里的幸福吧。

  雨儿，像妈妈温柔的手，抚摸我身体的每一处，小脚丫仿佛蹬在母亲的怀里，肆意地玩耍，幸福愉悦地荡漾全身。所以每次下雨，我感觉被一丝丝雨包裹着，是妈妈的拥抱，是妈妈的爱抚，是温暖和幸福。我的笑声是唱给妈妈的歌，脚丫随意地蹦跳着，那是献给妈妈的舞蹈。直到我疲惫了，雨停了，望着西边的彩虹，我恋恋不舍地，像落汤鸡一样回到家中，等待我的是爸爸的责骂。但是，那又如何？因为下次的雨里，照样有我疯耍的身影和蹦跳的脚丫。

  不知什么时候开始，我从一个懵懵懂懂的小女孩儿，逐渐变成收敛的大女孩儿。长大想法多了，我再不能在雨中放肆地奔跑，在雨里开怀大笑了，怕人家说我精神不正常。我只有把童趣锁在记忆里，在心里享受童年雨中的乐趣。

  岁月，带走了童年，带走了纯真。唯有每一个雨天，令我心生欢喜，静静地看雨滴儿落在大地上开起的雨花，荡起的涟漪，像一朵朵雏菊开了、谢了、再开。仿佛看到,有个小女孩儿光着小脚丫在雨中和妈妈玩耍……

原来那个小男孩儿还在雨里踩踏水花呢,不远处,是一直微笑地看着他的妈妈。

## 有爱就有家园

一

一天，我家突然来了一位天使，穿着洁白的衣裳，绿豆般黑黑的眼睛散发着纯净机灵的光，东瞅瞅西看看。对我家窗内养的花细细地端详，灵活的头一会歪向这边，一会又转向另一边，像个单纯的孩子。有时候它也会潇洒地飞到另个窗台，它轻盈的舞姿如同一片雪花飘落。窗台那里正播放大悲咒，它定定伸着脖子听，看来我家这位客人还挺有佛缘。

从此每天它都来我家。我和家人放些玉米粒和水招待这位白鸽天使。后来，有几天没来，我心里空荡荡，做事心不安，不时地往窗外看看。心想天使是否被人打伤？是否让人给吃了？我在不安中度过几天，有一天突然听到窗外咕咕叫……它回来了！我急忙把玉米粒和水放在窗台。我离开，它马上就喝水吃玉米。看样子它有点疲惫，洁白的外衣也有点灰突突，这样子，实在让我心疼。我不由得问它：这几日你去了哪里？

受了什么委屈吗？你是无家可归的流浪儿吗？

　　最近气温下降，上午它来了就在南面的窗台上晒太阳，悠闲地从这头走到那头。下午南面没阳光，它就来到北面窗台，夕阳的余晖映在它洁白的羽毛上，温暖它的身体。又有一天，下午没有太阳，它站在北面窗台，把一只脚收藏在翅膀下，头缩在脖子里，单腿站立打盹很久，一动不动。我打心眼里佩服它的平衡的功夫。这个时候的它，整个身体比平时臃肿，羽毛蓬松得有些乱，像一个椭圆的橄榄球。我想，它这种姿态，是为了更好地取暖保护自己吧。我的心又疼了起来。你要是有家，天冷一定会回家。那么，你晚上睡在哪里？你的主人不要你了，还是你找不到家了？我把窗户打开，希望它能进来。即便麻烦，我也会留给它一寸立足之地。那是家的感觉啊！或许它真的怕给我添麻烦，迟迟不肯进来。我去了别的屋子，回来后，它已经走了，我的心也给带走了。

　　家，对人和动物都是那么宝贵。没家的感觉我体会过，寄人篱下的感觉，身心没有着落，就像孤帆漂流大海。家给人温暖，给人依靠，就连小小动物也是如此。

　　白衣天使，快回来吧，我这里永远是你的家。

二

　　中午看了一会书，不知不觉睡着了。我醒来时，已是下午。我拿起书继续看下去，累了变换着姿势，在床上翻来覆去。躺的时间久了，腿不知道往哪放好。右腿支起来，我把左腿放在右腿上，突然我发现了新大陆：黑袜子边冒出个小脑袋，东瞅瞅西看看——啊！你出来了。我越看越想笑。你怎么不经过允许就自己跑出来了呢？是不是在里边待憋屈了？

　　平时我上床喜欢把袜子脱掉，因为这几天降温，有点冷，才没脱袜子，这个小家伙就受不了。原来最小的，也是最调皮最不老实的啊。

093

我全身消耗最快的就是袜子。因为每天晨练，八卦走转一到两个小时，一般磨损最厉害的是袜子的后跟，哪都没坏，它先露出个大头。今天第一次发现小脚趾先露出来。现代人穿袜子，很少有穿破了再买的，一般都是买几双随时更换。所以看到袜子外边露出脚趾，感觉是很新鲜的事。

小时候可不是这样。一双袜子是补了穿，穿了补，最后穿的就是补丁。要想穿新袜子，只有等到过年。生活的富足，让人忘记穿补丁袜子的感觉。现在的孩子，更是不知道袜子还有打补丁的。

为了让这小家伙自由，我两天没换新袜子。

日常生活中，我偏爱小的东西，但从来没想到，原来这个小东西也这么可爱。其实，生活处处有乐趣。只要心中有爱，每天都会发现惊喜，都会得到意外的幸福。我热爱生活，热爱一切生灵。一花一草一木，都给我带来愉悦。感恩万物！

## 你过不来，我过去

　　每到春夏季节，我就想去山里看看。最喜欢那朦胧的绿色覆盖着大山，把大山喂得胖胖的，胖得没有了线条，就像发福的中年妇女。可是今年家人有病，整天围着病人无处可逃。甚至没来得及看春天的样子，春就走了，当有一天看到路旁的银杏树叶支起了遮阴棚，覆盖了半条马路，才想起这是夏天了。

　　对于山，我是永远看不够的，那个亲切就像我几世前，是山里的一棵草，一朵野花，也许是一个动物。从小就喜欢山，坐在家里看远处的山，总有神秘的感觉。我想象山里的野鸡野兔在干什么呢？小花为啥晚上开？小虫你睡觉的地方就是树叶小草吗？每次我站在窗前都想好久。半辈子行将而去的时候，我更爱山了。如果一年没去看一次山，感觉一年白过了。

　　九月初，山里万物都变得丰满，就连空气都散发着成熟的味道。成熟里孕育着清甜。我深深地呼一口气，把浊气吐出去，再深长地吸一口山里的新鲜空气，把每个细胞都灌得饱饱的，我的精神也随之抖擞起来。

阳岔的山都是高山，仿佛它是踩在矮子肩膀站起来的，矗立在蓝天下。因为有高低才有起伏连绵。正是"横看成岭侧成峰，远近高低各不同"。也有不太高的山，但是这是从远处看，其实近看也是很高的。高低不平的山脉，让你的眼睛有层次感，对高山心生敬仰。我不知道一座座山从哪里跑来的，也许跑累了就在此歇歇脚，停留下来再也不想走。我虽然知道大山是地球变迁，石头堆积起来的，但我还是愿意把它们当成是一群从山东老家，逃荒到东北再也走不动了，就此居住。一年又一年它们逐渐丰满起来，把它们的孩子也带大了。群山手牵手，即便低矮的山，大山的手也不舍得丢下。山也是有悲悯之心的，它用平坦的山，供养人们的吃穿住行。高山都是大石头的功劳，没有石头的堆积就没有高山。这里最不缺的是石头，漫山遍野的石头，有卧着的，立着的，躺着的，蹲着的，各式各样的形状。石头在庄稼地上就是多余的，种地时还需把石头拣出去。但在其他地方还是有用的。在路边的石头，累了可以坐下休息，在河水里可以当搓衣板。盖房，修桥，铺路都少不了它们。

阳岔山高林密，每家每户都种人参，感觉空气都含有人参的甜味。人参花谢了，一株株人参挺拔玉立，一片片绿叶像少女的衣裙。参天的大树是人参的护卫，一株株人参被保护着。因为人参不喜欢太强的阳光，只有阴面的山上才能栽植，有少许阳光关照即可。人参的生长需要阴阳搭配，对人身体更是阴阳相补。

每次来到阳岔，都必定要爬山。山很陡，一步一步往上爬，有时脚下打滑，不得不随手抓住身旁的树木和高一点的蒿草，或者大石，脚下还要注意别踩着人参。阳光像探照灯时隐时现。山上的泥土黑油油，仿佛能冒出油。每株小草都嫩绿得像出生不久的婴儿，小草后背，卧着小虫，睡得正香甜，用手抖抖小草，小虫仍然粘着小草不肯下来，因为那是它的床铺。一朵花盛开，俯下身嗅嗅，一种野味沁入鼻孔。山里的花香是一种纯清香，室内的花香，没有清香，有点腻人香。一块石头长满青苔，我突然想起了一首"苔花如米小，也学牡丹开"。用手摸摸还这么厚实，像被包裹着的一块碧玉，没一点细缝。几株红姑娘，像一个个荷包缀在情郎的腰上，害羞的脸低垂着，在微风中忸怩着。小鸟在树上好奇地叽叽喳喳叫着，风儿穿透树林，越过人参头顶，落在脸上身上，我的身心都爽快起来。城里的风夹杂汽车尾气的味道，没有山风的清爽纯净。一望无边的山，除了几声小鸟的鸣唱，一切都是安静幽雅着。不怪人们都喜爱山。山里一切都是活着的。突然喊一嗓子："哎！大山我来了！"四周随之此起彼伏：哎——哎——我来了——我来了……满山都热情地回应你，那是一组合唱，是发自心声的回应，憨厚有余。那回应，是对我"你过不来看我，我就过来看你"的感激吧？一只小松鼠突然从眼下蹿到一棵树上，站在树枝上睁着好奇的眼睛望着我们。

  大山并不都是丰满的，有的山，光秃得能看清山上的石头。峭壁上，风捎来一点点泥土，就能长上小草。还有一株小花摇头晃脑，美滋滋地看着事态变迁。山上的石头个个都像有眼睛似的，黑幽幽的，要是夜晚看到它一定会心惊肉跳。山，是让人看不够的，因为它的神秘，让人充满遐想。而此时，我就在想，搭一座茅屋吧，煮一壶普洱慢慢饮，静静地望着大山，望着它男子汉的伟岸。那宽阔的胸怀容纳着万物，那坚强的臂膀遮挡着风霜雨雪，在四季变化中不动不摇；在岁月的轮回中堆积起坚强；在荣辱面前淡泊名利，不去管风吹落叶飘向何处，不去问江水流向海角天涯……这就是我行我素的大山，让我仰慕的大山。此时我不去想生活的顺逆，做一个忘龄人，让每一天安宁如水，慈悲静洁安好。我愿以山为伴，以山为镜，净化自己的灵魂，洗去尘世的烦恼，像山一样安度春夏秋冬。当有一天，我离开尘世来到你的怀里，请接纳我这粒微尘，让我们永远相伴。

## 小路与落叶

　　小路像母亲的脐带，在我的记忆中无限地延长。我如一片叶子恋着那小路，每次走在小路上都不舍离去。每到秋天我喜爱到小路上去听，叶子唰啦、唰啦唱着、飘着，像是对夏日的告别，是对过往的留恋。无论留恋还是告别，都如人生没有回头路，也留不住今日，前一秒已经过去，下一秒还没到来。

　　无知的我曾在这里寻找散落的过往。我恋着小路泥土独有的味道，花儿的芬芳，青草的芳香，小鸟的鸣唱，就连小虫赖在草叶上伸着懒腰，不肯下来，我都看不够。春天柔暖的阳光，趁树的疏忽，它钻进树叶的空隙，落在地上开出阳光花儿，这一堆，那一簇。阳光花儿金灿灿，在风儿的推动下，一会变成圆的，一会变成长的，一会儿变成方的。我兴奋的小脚丫从这朵花跳到另朵花，每朵花上都留下我脚丫的印迹。我的脚丫像印章，盖上我童年的欢乐，还有妈妈陪伴的温暖。从此我爱上了小路树荫下的阳光花。后来妈妈离去，再没有我欢快的脚丫和树荫下的印章，无论阳光花开得多灿烂，我的脚丫都懒得盖上印记。但是我会在阳光花下静静坐着，对着阳光花倾诉对妈妈的思念。

"万里悲秋常作客。"幽静的小路，有我青春期的徘徊和迷茫，也有我歌声的荡漾。喜怒哀乐伴着秋叶撒满小路。"天意无私草木秋。"悲秋是我青年时不请自来的客，看到一片片落叶，让夏日喂得饱满，像喝醉了酒晃晃悠悠、恋恋不舍、可怜兮兮、被树抛弃的样子，在心头平添一丝愁意，也使秋意无限。

落到我脚下的叶子，像倾诉它的委屈。我拾起还残留绿色的叶子，准备带回家放在书里，写上年月日，每一年都有一片叶子留在书里，那是对岁月的记载和回忆，对失去的怀恋。落叶使我对未来充满未知和向往。秋风凉飕飕，像一曲悲歌，仿佛是它把妈妈带走，所以我不喜欢秋风，它把一切都变得骨感，没有了圆满。经历几十个春秋，我变得成熟了，带走我的多愁善感，留下我成熟的果子。此时我偏爱夕阳下的小路。夕阳映在树上，从树荫掉到地上打碎，成了一片金红的小花盛开在林荫下，像一群贪睡的孩子，瞬间朦胧一片。此时，小路充满神秘、幽静，生怕惊扰了夕阳花，一切都安详静谧，我的心也慢慢地平稳起来。

有一天我再次走在这小路上，寂寞黄昏掩藏了日光的明媚，万物落尽繁华，但仍不失成熟的美。我不由得哼起那首欢快的小曲："笑意写在脸上，哼一曲乡居小唱，任思绪在晚风中飞扬。多少落寞惆怅，都随晚风飘散，遗忘在乡间的小路上。"我抓起小路上的一把泥土，撒向空中，叶子也随着飘落下来，像一只只蝴蝶，翩翩起舞。怎样的一场落叶匆匆，让死亡也变得这般灿烂、从容。如果哪一天我离开这世界，是否也会如落叶般灿烂从容呢？落叶把秋引到我面前，这秋天的味道醉了我，也醉了万物。一片片落叶，写满了人生的酸甜苦辣。人生就像这孤零零的落叶，落到任何地方都是生命的终结。它们坦坦荡荡，不喜不悲地向一季告别。大路小路都是人生的路，平坦坎坷都要走过，所以你才能变得成熟。

"自古逢秋悲寂寥，我言秋日胜春朝。"悲秋或喜秋，只是人内心情绪的渲染。"古人愁不尽，留与后人愁。"秋本无愁，全在我心，我们用一颗纯净透明的心去看万物，就会看到"是九天风露，染教世界都香"。往事就像一场无言的秋叶，流水光阴也不过是梅花三弄。即使水尽山穷，叶落成空，那老去的年华依旧可以风情万种。纵算岁月朦胧，天涯西东，依然可以觅寻当年遗落的踪影。一个秋字陪伴我一生，当我离开母体的时候，是秋日渐浓，皓月千里，带着明朗清澈；一个秋字让我感悟人生的暂短；一片落叶让我知道又一季生命轮回。但是，我真不想听到一个秋字，因为我怕老去，一旦睡去，就要很久很久才能醒来。

　　记忆是身体的碎片，每一片碎片堆积起来，都记载我的喜怒哀乐。今天，当我徘徊在小路上，拾起一片落叶遥寄远方，零落一身的秋。秋天我会思念一个无期又无法回去的过往。今天的秋是饱满的，是丰厚的，我在金秋思念你和夏天一样多。春秋更换，开始让自己做一株小草，不再期待月圆还是重逢，用淡泊的眼神看人事变迁，安静地默守经年。小路上有我朝朝暮暮，今天回首都是幸福的守候。

第三辑　记忆在深处生长

## 心井

　　家乡的土井是用石头垒起来的。年久了，井周围石头上长满青苔，好像井的眼睫毛。冬天会从井口里升起缭绕的白雾，在清晨白雪的映照下，如朦胧中一朵盛开的雪莲。这就是我小时候家乡的井，它养育着村里的几百口人和牲畜。

　　井旁有棵歪脖子柳树，它拼命往井这边长，总想与井亲近。一旦它能触摸到井沿了，人们就残忍地用镰刀把它斩断。所以它总是与井遥遥相望。仿佛两个相爱的人，被施了咒语，爱着却又无法相拥。

　　那一年放暑假，我来挑水。看到一个高个子、白净脸的男孩，明净的眼睛仿佛这深不见底的井水。文质彬彬的样子，一看就知道是城里来的学生。他把料斗放到井里，那料斗欺生，就是不肯倒下。

　　我说："你没干过这活吧？我来帮你。"他红着脸，说声谢谢。我们就这样相识了。他在外地读中专，是来姑姑家串门的。

　　以后的几天里，就像心有灵犀，每次我来挑水，他也准时来挑水。因为都是学生有共同语言，他给我讲述城里的趣事和学习生活，让我这农村长大的女孩心生好奇和羡慕。虽然认识不久，却有着说不完的话。

每当见到他那双清澈如水的眼睛，我的心就不安分地跳动着，脸发烫，手脚都不自在，想看他，又不敢看，他的眼神总像探照灯似的笼罩着我。他告诉我，他叫亚木，亚洲的亚，木头的木。这个名字很好笑，和他有点不般配，可是我依然喜欢。

我和他说："我最不喜欢挑水了，什么时候不用挑水也有水喝就好了。"他说："只要你好好学习，将来走出这里，有一天你肯定有能力把城里的自来水引到这里来。"我听了笑起来，仿佛在听天方夜谭。

他学会了打水，就开始帮我挑水了，我们互帮互助，愉快地度过一个假期。

在亚木离开后的那些日子，每当我来到井边，他的身影就在我眼前浮动。他的每句话、每个动作都那样清晰，仿佛一切都没有散去。

我就在这煎熬中盼来了寒假。那天的雪花纷纷扬扬，我来打水。亚木突然站在我面前，那一刻，我不敢相信自己的眼睛，他上前紧紧握住我的手，久久不肯放下，使劲地摇啊摇。我只是傻傻地望着他抿嘴笑。爱和期盼的眼神出卖了我们各自的内心……

我又满怀欢喜地挑水了。有时我们会倚在老柳树下聊天。虽然是冬天，但感觉如沐春风。他看我没戴手套，就把自己的手套套在我的手上，说："这个手套送给你，女孩子要爱惜自己的手啊。"我的手钻进他的手套里，感受着他暖暖的体温。

后来，每个假期他都会给我带些小礼物。最多的是书。一本《青春之歌》让我爱不释手，睡觉都放在枕边，并由此喜爱上了文学。还有一条鲜红的围脖，我好喜欢啊！"你太美了！像朵红牡丹。红代表热情和善良，太适合你了。我愿一生都陪伴你这朵红牡丹，甘心当你的绿叶，你同意吗？"这算是他的求爱吗？我脸红心跳地点点头。当时感觉我是世上最幸福的人。漫天飞舞的雪，像爱的精灵，为我们燃放着爱的烟花。

悲剧来的那天，格外冷，西北风夹着雪粒打在脸上生疼。我来到井边，看他正从井里往上提水，我默默地看他熟练打水的身影，正要赞美几句。他回头看到我，忘形地挥舞双手，不想脚下一滑，猛地摔倒，头正好磕碰到水桶的边沿上，鲜血涌出，嘴吐白沫。吓得我双腿发软，急忙把自己的围脖解下来，把他的头包上，红围脖变得更加血红。

所幸，他的生命保住了，可是却失忆了。我谴责自己，总觉得他摔的这一跤与自己有着莫大的关联。如果自己早一点或者晚一点出现在井边，也不会发生这样的悲剧吧。

我偷偷去市医院看过亚木。他脸色苍白，那清澈动人的眼睛变得毫无生气，呆呆地望着天棚。我上前握着他的手："亚木你好些了吗？"得到的是比最凛冽的冬天还冷的两个问句——

"你是谁？"

"我是雪儿啊！"

"雪儿是谁？"

我的泪夺眶而出，滴落在他的手上，嘀嗒，嘀嗒……仿佛钟表声在告诉我，此前的一切都过去了。我望着那张熟悉的，此刻却变得陌生的，深爱着的脸，心在抽搐！那一瞬间我体会到什么叫切肤之痛。这种疼痛，令我一生无法抹去。它成了我心上的井，深深地自责把我拉向无底的深渊。

爱，让我感觉自己像个罪人，我愿意躺在床上的是我，只要他安好！但是爱的疼痛和自责随着岁月的流逝而成正比。它像一块流过血结了痂的伤疤，即便痂掉了，仍然留下了疤痕！

后来听说他们家为了给亚木治病搬到上海姐姐家，再没回东北。他姑姑家也搬到外地，再没有他们的消息。我也去外地读书，但每次回家我都去看看那口井和井边那棵老柳树。

结婚头一天，我来到井边，那棵柳树也显得苍老了，它的枝干终于够到了井沿，用整个躯体拥抱着那口心爱的井。这一对爱侣终于被解了咒，可以相拥而眠了，可是我的亚木呢，如今你是否安好？

别了，我的初恋情怀！

20年后，叔叔家的侄女结婚，我又一次回到了家乡。我迫不及待地问起那口老井，叔叔说，早成枯井了，现在家家都用自来水，再也用不到它了。

"你还记得那个叫亚木的吧？"叔叔说，"就是他给全村安的自来水。"

我一下子惊愕了！"他不是去外地了吗？他不是失忆了吗？"我有太多的问题要问。

"嗯，后来他的病治好了。自己开了家公司，听说挣了不少钱，回来给咱村修建了自来水管道，好像还给村里小学赞助了不少钱哪……"

关于亚木的这个消息，像一个炸弹，炸开了记忆的闸门，所有关于我和亚木的过往一幕幕地在我眼前流淌出来。思念、牵挂、自责、惦记，伴我走过了几十个春秋，虽然不敢碰它，但隐隐的疼还在那里。我跑出去，直奔那口长满蒿草的井。我隐约听到井底有水涌动的声响，好像我的泪水，使那口枯井复活了过来。我倚在那棵老柳树下，像个孩子似的任凭泪水肆意流淌……

## 那一年，岁月懂得

那一年离开母体，脐带剪断那一刻，告别了温暖。"给人带来最大快乐的是人，给人带来最大痛苦的也是人。"从此漂泊，孤独无助、自卑，一路陪伴童年。在人生路上苦苦寻觅——情！然而，情，一生都与我无缘。最后我放下了情，把这一切化作生命的营养，滋养了我的成长，在人生的路上，寻找另一个自我……

"对于一个视人生感受为最宝贵财富的人来说，欢乐和苦痛都是收入，他的账本上没有支出。这种人尽管敏感，却有很强的生命力，因为在他眼里，现实生活中的福祸得失已经降为次要的东西，命运的打击因心灵的收获而得到了补偿。"周国平的这段话，我深有体会。

那一年，几岁我忘了，也许心灵需要依靠吧，自己第一次拿起针线，做了个布娃娃。可是我的衣服都在缝纫社做，所以没有花布给布娃娃做衣服。我用几分钱从邻居家小姑娘手里买来几块花布，这是我第一次自己花钱买东西自己用。我凭自己的想象，给布娃娃做了一件连衣裙，从此布娃娃时刻陪伴我。大人看到后都夸我心灵手巧，我第一次有了自信。

那一年，我和邻居的小珍坐在路边大石头上玩。她拿出妈妈的钩针和线，装模作样地在我面前显摆着——她也会钩东西。可是，我根本没看到她把线钩成啥样。我羡慕，但我没妒忌。因为这样的事太多了，有妈的孩子随时都可以拿一件事在我面前显示，那是我无法拥有的。她把钩针和线放在大石头上说：我们玩藏猫乎吧。当我们玩够了要回家时，她找不到钩针了，我也帮着找，最后也没找到。我纳闷，就我俩，怎么就没有了呢？她一口咬定，我拿了钩针，我委屈地哭了，怎么解释，她都不相信，一口咬定我是小偷。我第一次尝到被冤枉那种有苦说不出的滋味。后来在人生的路上，我也体会过这种滋味，但我相信：没有委屈就没有成长，真金不怕火炼。不被别人理解，也是对自己的磨炼，时间会做出公道评论。

那一年，我背着行李上中学，走在两侧都是一人高的庄稼地羊肠小道上，前后无人，只有高粱秆摇晃着成熟的穗头，风吹高粱叶子的飒飒声，让我毛骨悚然。我感觉四下有无数双眼睛盯着我，紧张得汗毛竖了起来。心想：可别遇到坏人和野兽啊！突然对面走来一个男人，手里拿一把镰刀。我的心一下跳到嗓子眼，大脑一片空白，我的腿在打哆嗦迈不动步。当他从我侧面走过时，仿佛镰刀迎面砍来，我想：完了！完了！我呆若木鸡地站在那里。原来我还活着！第一次自己把自己吓得半死。从此，每星期六走那条路，我都在心里告诉自己：害怕是自己吓唬自己。

那一年，我被学校选送学雷锋积极分子，参加了县团代会。从此我更加自信，出一分力就有一分收获。坚信，即便再笨，只要努力学习，别人出一分力，我付出十分，没有做不成的事，只有不去做的人。

那一年，学校保送我读中专。第一次自己出门，心里充满憧憬，又忐忑不安。茫茫人海，世界之大，我孤独的身影，像小小蚂蚁，不知东南西北，当站台出口有一个人把我手里的行李要接过去，我死死地攥住不放，我不知道他是好人还是坏人。当又来了几名女同学，我才知道是学校的哥哥姐姐来接我们了。那一刻，我一下春暖花开般地笑了，笑得那么开心、那么幸福！从此命运有了转折。

那一年，枫叶飘起的时候，突然收到新疆的一封信。打开信，一片枫叶飘落地上，我拾起一行字：枫叶是咱学校枫树的叶子，临走时摘一片带上，今天寄给你，因为我的心还在那里……可惜那树不懂我意……原来是上届同学从新疆寄来的。从此，每年我都寄他一封无字的信，只有一片枫叶，一直到我毕业离去。枫树我带不走，枫叶独自飘零，是否飘到你身边？如今你是否安好？枫叶飘起的时候，你是否还会想起学校那片枫叶？那无言的结局，在岁月里流淌了这么多年，早已沉淀在沙河中。但记忆中的那片枫叶无法抹去——那是年轻时的浪漫，那是没有缘分的插曲，那是留在彼此心中没有表白的秘密。那片极致的枫叶啊！你飘过千山万水，那是一种多么浪漫的心，今天想起还让人心醉！

当我从学校又回到村里时，才醒悟，社会是复杂的。我来到老槐树下，我抱着它哭得天昏地暗……我的泪渗透到树身，它把这悲切替我分担了一半。我哭够了，心里好受了些。看看还是四年前的老槐树，树皮多了些厚度和皱褶。四季轮回它不动不摇，风霜雪雨的打击，照样生长，此时它在告诉我：人生在岁月长河里，总会遇到风浪，咬咬牙就会挺过去，黎明前都是黑暗的。耐心地等，风雨总会过去，太阳总会出来的，春暖花就开了！一个"等"字，让我度过了那段阴霾岁月。

那一年，我当了妈妈。我仿佛是登山者，筋疲力尽地爬到山顶，如同面条瘫软在地上。心里有种胜利者的喜悦，喜极而泣的泪顺着脸流淌下来……婆婆用一只手抚摸着我的头，用另一只手轻轻地擦拭我的泪："好孩子别哭了，大人孩子都平安就好！女人都是这样过来的。"婆婆啊！你哪里知道我的泪里还有说不出的委屈——20多年才喊出一声"妈"啊！这声妈妈，从我嘴里喊出是多么不易！是经过多少个日日夜夜熬炼出来的！那痛苦的磨炼只有我自己知道啊！今天和儿子一起诞生了，我能不激动吗！那是幸福的泪，那是感激的泪，那是我今生无憾的泪啊！

母性的出现，也是爱的开始——我爱我的儿子，更爱我的婆婆。这迟来的爱，弥补了我生命的残缺；这迟来的爱，让我知道母亲的伟大。是婆婆让我在残缺中盛开了无憾的花——"妈妈！"

那一年，打倒"四人帮"，我们这些没妈妈的孩子，在社会各阶层流浪10年的爸爸妈妈们，就地安排了工作。这迟来的工作对我们来说是多么不易，我们除了喜悦、珍惜，更是感恩党的政策！当我们检查身体准备上班时，那些大夫问我们：你们都是干什么的？我们说：上班。这大年龄了才上班呢？有人调侃地说：这得感谢四人帮，让我们和泥土玩了10年，玩累才回来的。又问：这10年你们都干什么了？男的当社员兼当爹，女的当老婆兼当妈。大家都哈哈笑起来。当我拿出第一个月工资时，心里百味俱全。10几年的寒窗苦读，10年的流浪社会底层，30岁的青春棱角磨没了，淹没了激情，留在脸上的是岁月的沧桑。

在每一个那一年里，都有一个让你无法忘记的事，无法忘怀的感动。让你疼一阵子，让你乐一阵子。没有那一年的经历，就没有今天的成长，那是岁月的馈赠。丰富厚重的人生都是疼出来的，磨炼出来的，苦难、坎坷都化为生命的营养。

直到有一天，回首岁月，可以庆幸，自己能够完整地拥抱心灵，能看护好自己的身心，看淡凡事的侵扰，此生温良静好。

## 丢不掉的花手绢

　　读小学时，在学校玩最多的游戏是丢手绢。当时我好羡慕有块手绢的同学，当她们拿出一块带有各种图案的手绢时，我的眼睛睁得大大地盯着看，仿佛能把它看到眼睛里，变成自己的一部分。然而我只是眼馋，无能为力。爸爸吃一片止疼片都舍不得买，我怎么敢张口要钱买手绢？

　　一般农村人家的孩子都没有手绢，特别是那些男孩有鼻涕，胳膊袖子就是他的手绢，时间久了袖子油光锃亮；女孩子不会往衣服袖子抹，有鼻涕时会使劲吸回去；那些妇女有鼻涕，就用拇指和食指一撸，鼻涕便"吧唧"甩出去了。

　　有手绢的大部分是老师的孩子，或者姐姐哥哥在外地工作，回家来了，给妹妹买一块手绢。我最好的发小孟兰，她姐姐在外地读中专，有次回来，把旧的手绢给了她。第二天，她约我躲在无人处，拿出手绢递到我手上。我反复看着被洗得模糊不清的图案，我们俩争论着上边的图案是什么。其实，无论是什么，对我来说都是春暖花开，柳枝翩翩……孟兰一般不用手绢擦脏东西，更别说鼻涕了。只要放在兜里，仿佛就是地位的象征。只有大家围一个圈玩丢手绢时，她才自豪地把手绢拿出来交给老师。往往是谁的手绢，谁先丢。她拿着手绢，围着大家跑，我们拍手唱："丢手绢呀，丢手绢，轻轻地放在小朋友的后面，大家不要告诉他，快点快点抓住他，快点快点抓住他……"

　　有次我做梦有了块手绢，上边是粉色小兰花，四周都是小草围绕着兰花，几只蝴蝶在花儿身前身后起舞着、追赶着。我不敢出大气，怕把蝴蝶惊飞，我默默地看着。突然飞来两只蜻蜓，把蝴蝶赶跑了，我也醒来。从此总有一块手绢在我眼前晃荡，看什么都像手绢。有时上课趁老师不注意，我在图画本上，画一个四四方方的框，框正面画上小猫、小狗，花儿、小草等。然后撕下来叠好放在兜里，感觉自己也有手绢了。于是，我的图画本，没几天就让我撕没了。

　　有一年五一劳动节，东屋王大爷家儿子媳妇回来。听说他们在外地单位结完婚，回家看老人。因为王大爷就自己在家，王大娘去世几年了，孩子都在外地。第二天我收拾得干干净净，来到东屋看新娘子。王大爷对我说：小月，叫嫂子。我怯生生地叫："嫂子。"王大爷又说：这是西屋的邻居小月，就爷俩，这孩子很懂事也很可怜。嫂子长着瓜子形的脸，笑眯眯的眼睛，红嘟嘟的嘴唇，一笑俩酒窝，像墙上的画，真好看。她穿的衣服和农村人不一样，不是大红大绿，而是白底红粉小碎花，就像杏花的小骨朵，让人看了很眼馋。这时她从兜里掏出手绢擦擦脸上的微汗，也许没有汗，只是人家习惯吧，显得那么有修养。她拉起我的手放一把糖块，然后从包里拿出一块手绢，一起放到我手里说：送给你小妹妹。当时我激动得手有点发抖，欢喜得嘴也合不拢，眼睛紧紧地盯着手绢不舍离去。我把糖块放兜里，手绢紧紧地攥在手里，感觉都出汗了。嫂子看我没吃糖，亲手扒一块纸糖放我嘴里。从来没吃过这么甜的糖！我高兴得一下跑出去，真想放声地喊出：我有手绢了！但我没敢喊出声，只是在地上蹦着、跳着，每个神经都兴奋得要蹦出来。

111

我回家打开手绢一看——粉色手绢上，一只胖乎乎的小猫，在草地上玩一团红线球。线球滚到花丛里，小猫撅着屁股用爪子往外挠线球。小猫头上两只蝴蝶翩翩起舞，仿佛在说：加油，加油！这上边的图画我太喜欢了！晚上睡觉的时候，手里也攥着它。时不时地就把手绢打开看一看，然后放到脸上，似乎能闻到它的香气。后来，不知什么时候便睡着了。那一夜有手绢陪伴，睡得又香又甜。第二天上学，我马上找到孟兰，兴奋地把手绢从兜里掏出来，把手背到身后，让她猜猜这是什么。她说是好吃的。我说不对。本想再让她多猜几次，但是我实在忍不住，便迫不及待地拿出来给她看。哇，好漂亮的手绢啊！哪来的？孟兰惊喜地问。我告诉她是邻居家嫂子给的。我俩高兴地抱一起，转起了圈圈。她说：这回再上体育课玩丢手绢，你就可以第一个丢了。

　　嫂子回来的半个月，我每天放学写完作业，就去她东屋玩。嫂子看我那么喜欢手绢，她说：别不舍得用，用坏了我会再给你寄来，后来，果真给王大爷来信的里边放了一块手绢。

　　这半个月我感觉是几年没有过的快乐和幸福，我不但得到了梦寐以求的手绢，还得到了母亲般的温暖。虽然叫嫂子，但是她比我大20来岁。嫂子走了，我哭了，那种母爱的依恋和得到又失去的幸福，让我好久才从失落里走出来。欣慰的是嫂子每次给王大爷来信，都提到我，关心我。所以，盼嫂子来信也是我的一件心事。

　　长大了，每当我买一块手绢，都会想起我的第一块手绢。这不但是感恩，更是一种温暖，一块手绢焐热一颗孤独的心。今天用简易的面巾纸，与手绢告别了，但是那块小小的手绢，还是让人留恋。虽然用完后需要清洗，但那是对岁月流逝的清点和眷恋。一块手绢，散发着妈妈的爱，揣在兜里就像妈妈陪伴身边，再严寒的冬天也感觉温暖。一块手绢温暖孤独的童年，温柔地陪伴我记忆的最深处……

## 红头绳

　　头天晚上老爸说："明天去县城买年货，还有左邻右舍的都一起给带回来。"我说："你能记住谁家买啥吗？"老爸拿出一张纸用手点着说："都记在这上边了。"

　　我急忙拽着他的手说："爸，给我买两条红绸子头绳。""好，知道了。"第二天，我又一次嘱咐老爸别忘了。爸坐上马车回头说："不会忘的，快点进屋，今天冷，别冻着。"

　　我望着天空飘飞的雪花儿，心里的喜悦让我在院子里和雪花儿舞起来。张开手，接住雪花儿，它融化在我的手心里，给了我希望，暖了我心，那是爸爸对我的爱。

　　这一天过得好慢啊，因为爸爸每次上县城回来都天黑。没妈妈的我，过年穿不上妈妈做的新衣裳，只能盼爸爸给我买一条红绸子头绳，还有一双新袜子，哪怕就这一丁点和平时不一样的东西，在小伙伴面前我也有显摆的啊。

　　嘻嘻……一想到有条红绸子扎在小辫上，像两只蝴蝶落在我的头上翩翩起舞，心里就美滋滋的，笑容一天都挂在我的脸上。

天黑了，雪越下越大，像一朵朵棉桃似的落下。我担心着老爸，这大雪，马车走不快，人就得多挨冻。不知老爸冻啥样呢。我趴在窗台上，等爸爸回来，看玻璃上的霜花，唱着歌给自己壮胆；窗上的霜花儿布满了图案，有的像万马奔腾，有的像大树，树枝伸向四面八方，横一条竖一条，条条都像红头绳。真的好美！不知不觉迷糊起来。

突然听到"吱嘎"的开门声，我一激灵，兴奋地喊："爸回来了！"我一下从炕上蹦到地下，光着脚丫儿奔出去。啊！爸从头到脚都是白雪，分不清眼睛和眉毛，手上提着年货。两个肩膀也挂满了东西，像一个神仙老人，放下东西又出去一趟把车上东西往回搬，车老板也帮忙往屋里拿。嘴上不停地说："今天真冷啊！"但他的脸上美滋滋的。我把东西一一接过来放在地下，爸爸跺着脚，手在身前身后地拍打着，我也用笤帚把爸爸身上的雪扫掉。乡亲们陆续来取自家买的年货，带着满脸的感激和喜悦走了。

我给爸爸解开鞋带，鞋冻得像冻梨，费好大劲才把鞋脱下。我用我的小手捂住他的大手，放到我的嘴边用哈气给爸爸暖手。爸说："好了雪儿，上炕就暖过来了。"

我给爸爸倒一杯热水，眼睛紧紧地盯着他的手。他从兜里拿出了烟和纸，手冻得还不太好使，烟卷得很慢，用火柴点着深深地吸一口，再从鼻孔返出。又拿起杯喝一口热水，然后像没事似的享受烟带给他的快感，仿佛这样才能驱赶寒冷。我等不及了："爸，我的红绸子头绳呢？""啊？"他拍着自己的头："哎呀？忘了，忘了。乡亲们买的东西太多了，把你的头绳给忘了，过完年我一定补上。""不！不！你就想别人的事，忘了我的事。"委屈的我趴在炕上呜呜地哭起来……爸摸着我的头："好孩子，别哭了。忘了你的红头绳是我的错，忘了乡亲的年货才是大事啊！你想想，乡亲要没有年货咋过年啊？人啊，活着不能只想到自己，能帮别人就帮一把；咱下乡来这里无亲无故，是乡亲们总帮助咱们啊，咱不能忘了人家的好处啊！你爸还有啥能耐啊。"爸爸的话我一句都没听进去，仍然哭泣。一天的企盼和兴奋，让泪水冲洗得一干二净。

抽抽搭搭的我，不知不觉睡着了——啊！漫天的红绸子在飞：她们一会儿变蝴蝶，一会变蜻蜓翩翩起舞着，我追赶着和她们玩耍。我兴奋地喊着："我有红头绳了！"正准备把它揣在兜里，一摸光光溜溜？咦，兜哪去了？我一下醒来！手还摸着肚子，原来是梦啊？委屈的泪再一次流出。当想到爸冻得红肿的手，在县城连一顿热乎饭都没来得及吃，只买两个馒头，坐在马车上垫补一下肚子。爸是为了感恩乡亲啊，我心一下柔软了。

第二天爸爸吃完饭说："我再去趟县城给你买头绳。"我一听急忙拦住："爸，别去了，我不怪你了，有好吃的就行。"爸爸说："好，小馋猫，过了年我再给你补上，而且加倍！"这时候邻居的三嫂来我家，听到了我们爷俩的对话，她转身回家。回来后手里拿着两根红毛线放在我手上："小雪啊，你爸给我们买年货，忘了你的红绸头绳。我们很过意不去，我买的红毛线头绳，正好还剩两根，就给你了，虽然不是红绸子但总比没有好啊。"我脸上闪现喜悦，但不好意思接过来，眼睛望着爸。爸爸说："拿着吧，以后我再买还给你三嫂。"三嫂摆摆手：还啥还。

要过年了，红头绳带着温暖，带着童年的回忆。现在生活富裕了，也许有点可笑，但那个时代对于一个小女孩又是多么珍贵。更为珍贵的是，爸爸那句"人活着，不能只想到自己，能帮别人就帮一把"影响了我的一生，成为我为人处世的指南针。

## 脚与鞋

### 一

小时候我的脚就如那胖胖的猪蹄，脚面厚厚的肉，五个脚丫子各自为战，一个不服一个，一看就是不团结的一家。这双脚为我受了不少的委屈。

我最早看到的鞋，是用蒲棒草编织的。鞋保暖却不太耐磨，两角钱一双，买回后妈妈就用旧胶底，缝在草鞋底上，这样将将巴巴能穿到过年。年前，妈妈会做一双新棉鞋，这双棉鞋做得比脚大一些，留着明年过年穿，或者走亲戚时候再穿。可是脚像气吹的一样长得飞快，而那双鞋是不会长的。

上姑姑家串门，我勉强把脚生挤硬踹往里堆，实在不行，抓两把黄豆放进鞋里，再倒进水。一晚上黄豆膨胀，把鞋涨大了。但我的脚钻进去，走起路来还是像小脚娘娘似的，不能随便放开。妈妈说，脚不能让它随便长，有约束才成型。女孩子的脚，不能像男人的脚长得那么大。原来约束也是一种爱。

　　夏天妈妈给我做的布鞋是用带花布，或者带格子布做的鞋面，鞋底周围用白布滚成边，既整洁又好看。上边有条鞋带，鞋带上锁个扣眼，鞋帮右侧缝上纽扣。它俩扣在一起，既美观又舒服，你怎么蹦啊，跳啊，都不会掉下来。每当穿上妈妈做的新鞋，我的脚丫就像钻进妈妈的怀抱里，幸福得浑身发热。后来上学了，妈妈也走了，再没人给我做布鞋，冬天买棉胶鞋，夏天买球鞋。

## 二

　　下乡以后，学校离家有五里地。冬天的棉胶鞋返潮，加上脚出汗，上课脚冻得像猫咬似的疼，不停地跺脚。后来脚得了冻疮，每年冬天都犯病，胖胖的脚就像得了口蹄疫的猪脚。

　　到了夏天，我的脚解放了。上学出了屯口，我也学那些男孩子把鞋脱掉，双手各提一只鞋，背着书包，光脚丫走路。一开始不习惯，慢慢脚就喜欢这大地上的小草和泥土了，踩在毛茸茸的小草上痒痒的，踩在泥土上柔柔软软的好舒服啊！即便踩在硬的土地上，那也是甜蜜的微痛。那是种无拘无束、亲吻大地的感觉，脚丫也兴高采烈地撒欢，不知深浅地跑啊跑……我喜欢上了跑。来到学校附近，到小河沟把脚洗洗，再穿上鞋上课。

　　有一次放学，我光着的脚被玻璃片划破了，流了好多血。同学把我扶回家后，老爹听说我光脚丫上学，扇了我两巴掌。让我记住，以后不准光脚走路。并教训我："你一个丫头和小小子一样光脚丫子走路，不嫌丢人吗？过去你这大女孩早裹脚了！新社会就够给你们自由了，你可倒好，鞋还不想穿了！如果能上天，是不是你也上天啊？"我心里想，要

117

有翅膀我早飞上天了还用走路。心里虽然不服，但从此再不敢光脚上学了。

但一到夏天，球鞋把脚捂出了脚气，这时我就会没完没了地埋怨球鞋。要是有妈妈做的布鞋穿，我的脚就不会这样冬夏都受罪。即便那鞋有点小，把脚禁锢得不自由，那鞋的约束也是妈妈的拥抱啊。我和脚丫都想妈妈了……

有次上课我偷偷地把脚丫放出来，同学都低头写小楷，老师背手从课桌过道来回走。来到我这里，他的鼻子使劲地抽搭闻："什么味？"我一听急忙把脚丫往球鞋里送，这球鞋也不配合，脚就是进不去。老师看到了我的表情，啥都明白了，然后微笑地晃晃头走开了。感谢老师没说出我晾晒臭脚，从此上课再也不放脚丫了。

长大以后，每次洗完脚我都爱搬起脚丫送到鼻子下闻闻，有没有臭味。其实我的脚早都不臭了，但每次烫完脚还是把脚拿起来闻闻。先生笑我："你咬一口尝尝啥味？"我说："要好吃，早都吃没了。"

念初中的时候，每当我们下乡支农，我最喜欢干的活就是帮生产队插秧。我的脚就像闻到了泥土的芳香，在鞋里越来越不安稳，迫不及待地要从鞋里钻出来。脚往稻田地里一放，裹上那种滑溜溜的泥浆，就像泥鳅回到了家，欢实地乱蹦，干起活来比别人都快。

但也有我脚丫不喜欢的。上小学时，一到雨季涨大水，我们就不能走老路，必须走独木桥。我的脚就是不敢踏上这桥，怎么哄它就是不上桥。没办法，我只能让手帮忙，四条腿爬过去。

男生就在桥对面嬉笑我们："快来看啊，小狗仔在桥上爬呢。哈哈……"

## 三

上班后开始穿带跟的皮鞋，这脚丫放到皮鞋里就像进到了铁笼里，难受得无法形容。为了美，也只能让脚丫受委屈了。渐渐地，这种委屈也习惯了。

有一次下小雨，同事们提议："今天领导不在家，咱们打麻将？"我一听说玩，第一个赞成。我们正玩得起兴，就听有人说："局长来了！"我第一反应：尽快离开麻将桌。我蹬上凳子，迈上窗台，往外蹦下去。哎哟！我的高跟鞋没站稳，脚脖子崴了，疼得我直哎哟……定定地站在那里动不了。

局长一进屋看到麻将桌："大家玩呢？工作做完，适当玩可以，但不能经常玩。"大家都松了一口气。我心里后悔，要知道领导不批评，就不用跳窗户，也就不会把脚崴了。只能怨我太沉不住气，自认倒霉吧！过后同事说我："你要是在战场上不会挨枪子，逃跑比谁都跑得快啊！哈哈哈……"每次见到局长我都尴尬地笑笑，不敢多说，生怕他提起我跳窗的事。

小学、初中、中专，我都是学校篮球队的，这都感谢我的脚丫！它的灵活、耐劳、坚韧，我都有点佩服它。

脚这辈子为我吃了不少的苦，受了不少的罪，细想真有点对不住它。这辈子给脚丫送过多少合适的房子？我都记不清，只有这双脚知道。每一个脚印的骄傲与屈辱，从容与挣扎，只有鞋知道，也只能鞋知道。但脚丫说：你买再贵、再好看的鞋也闻不到青草的芳香，品尝不到大地的甜蜜，更没有妈妈爱的味道啊！

是啊，但是我的脚和鞋，在大地的琴弦上弹奏出自己独一无二的乐章——那是与众不同的人生啊！

## 蓝色时光

　　我登上去学校的列车，第一次自己出远门，既忐忑又兴奋。车窗外一闪而过的青山绿水更增添了我的愉悦兴奋。

　　当火车缓缓驶入车站，我一眼就看到一辆解放汽车上，有一幅红色标语：欢迎新生入学。当汽车载着我们新生奔驰在宽敞的马路上时，路边的商场店铺琳琅满目，高楼林立，我的眼睛已不够用了，按捺不住的兴奋洋溢在脸上，我终于走在这宽敞的马路上了。

　　到学校时，一个师姐指着对面绿树映衬下，隐约可见的一幢楼房：绿树成荫，把三层楼房掩映在树荫里时隐时现；楼前左右各有一果园。八月份海棠果半红半绿，像害羞的少女；果园是用榆树修剪得整齐，围成栅栏；后院是食堂也是大礼堂，全校开会、文艺演出都在这里；再后院是篮球场。师姐们不断地介绍学校的环境，我一下就喜欢上这里的一切，特别是那个篮球场那么大，从小学到中学我都是校篮球队的，所以我有蠢蠢欲动的感觉。

　　报完到后，我来到505班教室，一进门，老师问我："你叫什么名字？""王晓雪。"老师马上向同学介绍："这是我们班的团支部书记。"当大家都诧异时，老师说，"你们人没到，档案早到了。根据你们档案安排各班的政治力量。"大家鼓掌表示对我的欢迎，我面向老师和同学深鞠一躬。老师用手一指：你就和张媛媛同桌吧。我来到一美女座位旁坐下。她看看我俏皮地说："领导以后请多多关照。""别这样说，我们来自五湖四海，为了一个共同的目标走到一起来的。"她说："领导说话和我们就是不一样，句句不离毛主席的教导。"我笑笑没再说话，心里想：这是个调皮的角，过后我才知道她父母都是县委干部。

宿舍来得早的同学都找好床位，就剩窗户和门边的空着，我来到尽里边挨窗户的位子。全班八名女生，还有一位没来。这时有人敲门，最后一名来了，我主动打招呼和她握手，自我介绍：王晓雪。她说：我贾潇霞。她一看床位就挨门一位了，她满脸不快地说：来得早就是好，没人要的地方剩下了。我说："你要不喜欢这里，咱俩换换位置？"她的脸一下就有笑容了："好啊，谢谢。"

新的生活就这样开始了。每天除了学习，业余时间抓紧成立团支部，布置每个团员包带一个积极分子等，每天的时间都安排得满满的，紧张而愉悦。星期天不上街的就在宿舍疯闹，唱歌，侃大山，疯起来的时候，我也是"首当其冲"。有一次夜间不知道谁上厕所回来忘锁门。下半夜两点多，我们睡得正香，突然听里边的贾潇霞大声地喊：谁？妈呀！我以为是做梦，这时其他几个女生也喊起来，我一下坐起来，下地摸开关开灯，眼前一晃蹿出一个身影跑出去。等我打开灯，早没人影。我穿着内衣来到走廊，无一个人。室内的女生们，还心有余悸地哭着。在这万物沉静的夜晚，走廊传音，各个房间都被哭喊声惊醒。大家出来问："怎么回事？"值班的老师来了，我把情况介绍了。老师说："都回去睡觉，明天再解决。"第二天保卫处挨个找我们了解情况，我们宿舍也成了全校师生议论的焦点。经过细致的了解和排查：是我们隔壁男生睡糊涂，走错门了，虚惊一场，但是也警告我们晚上一定锁好门，一切又恢复了平静。

我参加校篮球队，经常代表学校出去与其他学校打比赛。我个头不算高专门打中锋，跑得快、有耐力、灵活，在其他学校也有点小名气。

每年的元旦各班级排练节目，有一年我们排一组女生表演唱：山东吕剧，李二嫂改嫁。谁都不想当二嫂，最后我来吧。演完后，被学校评为一等奖。从此我就有了个雅号：二嫂。在学生时期这个称呼我还是不喜欢的，但别人可不管你喜欢不喜欢，见面就是二嫂。

要放寒假了，学校团委召集班干部开会，让我们带头留校护校。我心里斗争着：我要留下不回去和老爸过春节，半年没见，需要我给他做的事太多了。最后我给老爸写信征求他意见，老爸回信说："你不用惦记我，只要你做得正确，对你工作学习有利，我都支持。"我的眼睛湿润了，我的老爸多明事理，对我做的一切都大力支持，但我心里还是有种愧疚。

那年冬天我留校，去农场喂牛喂猪。每天加工饲料，晚上大家无拘无束疯闹，大声唱歌，在这远离城市的独立王国，我们这些团干部并不觉得辛苦，年轻的活力在无人管的地方毫不吝啬地释放。我对未来的生活充满了希望，那时我感觉：将来走向社会，把我放到任何岗位上，我都能胜任。

护校期间，一件意外让我们惊吓一场，久久不能平静——上届的老大哥班的团支部书记刘强，那天粉碎玉米秆，他在前边往机器里送，他穿的军大衣，袖口有个洞，玉米秆把他的袖口穿过，把手带进机器里。突然听到："快拉电闸！"我跑去把电闸拉开，才知道刘强的手吸进机器了。他全身在抖，看到机器前面手指一段一段，和玉米秆一般的长短。我们女生吓得浑身颤抖起来，打电话叫救护车把他拉走了。这件事使我们一整个春节都没过好，闷闷地干活，一直到开学我们回到学校。

还有一年就毕业了，我的心在盘算，毕业就可以参加工作了。心里充满了甜蜜的憧憬……

1966年,一场风暴席卷全国。学校停课闹革命,把我们这些对社会还不太了解的学生推向了前沿,一夜之间变成了革命小将。在我们眼里,有权的都是走资派,都该打倒。学校走廊、食堂、楼房里外到处都贴上大字报。来到大街上,看到不顺眼的就上前理直气壮:"这是封资修的产物,马上取缔!"当时尝到了什么是横行霸道和权力的威力。

学校乱成一锅粥,谁都管不了谁,各派的斗争,打砸抢已是见怪不怪。我胆子小,只让我在家写材料,没事就看报纸写大字报。这时候我突然接到北京部队的一封信。我纳闷,北京我没亲人和朋友啊?打开看才知道,是我中学上届同学李达夫来的信。他当兵在北京,在学校的时候,我们都是学校篮球队的,所以比较熟悉。我回信时问他:你怎么知道我读中专的地址?他说:是他妹妹告诉他的。这一年闲得没事和他通了几封信,他的来信一封接一封,我都是接到他三四封信,才回一封。最后他摊牌说:"我们的关系能不能进一步发展?"我告诉他:"不可能的,不想处对象,再说前途未卜。"

本来1967年该毕业,由于"文化大革命",延续一年。这时候我们成立文艺宣传队,我和好朋友一起参加。她说:"总比出去武斗好,在这里就是排节目,出去演出。"我想,这样挺好。

那一年我们步行大串联到各地演出,当时宣传队队长说:"我们都不能回家过年,这是革命需要,宣传毛泽东思想,是我们义不容辞的任务!回家过年是个人小事。"就这样1967年我们像卖唱似的到各地演出,每到一地都有当地负责人接待我们,有吃有喝,没事排练节目,无忧无虑,感觉也很惬意。最美的时光总是短暂的,乐极生悲这一句话,很有道理。

## 流淌在岁月里的暖

　　记忆中的冬天特冷，窗上凝聚一层厚厚的霜花，细看就像进了水晶宫，组成各式图案。我喜欢每天不一样的霜花，让我充满遐想……但是那棉衣、棉裤，是孩子早上最怕的寒冷。那棉衣就像在屋外边，和黏豆包一起被冻似的，外边一层霜，胳膊腿往里一伸，"唰"地一下，全身的毛孔起来反抗，打起了冷战，起了一身鸡皮疙瘩。孩子最怕早上穿衣裳，热乎乎的被窝，实在让人留恋。一咬牙，穿上衣裳，体温把寒冷融化了。所以火盆是他们的最爱，既能取暖，又能满足嘴馋。

　　大人起来做饭，水缸冻上一层厚厚的冰。用菜刀把冰砍碎，舀一瓢冰和水放锅里，点火做饭。早上做饭用的都是劈好的柴火。木头柈子烧完后的火炭，会保持很久。饭做好了，锅底的火炭多了，用铁铲，从灶坑扒出来，放到火盆里。片刻屋里就暖融融的。窗花融化了，变成了小溪流到了窗台，又流到泥墙缝里。然后大人叫醒孩子起来——其实孩子早都醒来了，只是不想钻出热乎乎的被窝。望着窗上的霜花，互相争论着霜花像啥：妹妹说像森林，弟弟说像雪山。在妈妈的督促下，不情愿地起来穿衣裳，嘴巴夸张地打着冷战。穿好棉衣马上来到火盆边，继续温暖着。

冬天，火盆是家家必备的，既能取暖，又是哄孩子的工具。父母买不起铁火盆的，就用黄泥做一个大大的像窝头似的火盆。这黄泥的火盆虽然外观不美，但火炭不易化掉。

孩子们饿了，可以把土豆啊地瓜啊埋进火盆里，烤熟的地瓜土豆特香甜，让我们的嘴巴总惦记着，要么把玉米面饼子放在火盆上，烤成金黄的嘎巴，吃起来也非常香脆。

当孩子在外边玩冷了，冻得手脚像猫咬似的，进屋把冻红的小手放在火盆上，有时把脚也抬起来放到火盆边烤烤，全身瞬间暖融融起来。但手脚一下从冷到热，经火炭一烤，热得给手脚挠起了痒痒，无比温暖的痒，用双手互相搓搓遍布全身的暖，那感觉真是通体舒坦。

那时候，冬天吃的都是白菜、土豆、萝卜——这是东北最传统的冬菜。吃饭时，唯一调味的辣椒放在火盆里，烤熟的香辣味占领着屋里各个角落。用手一搓，变成辣椒末，放到萝卜汤或者白菜汤里，这又热又辣的汤，把个冬天搅动得沸腾了。嘴巴张开，舌头伸出，哈着气，缓解辣椒对舌头的刺激。但是大人还是乐此不疲，继续吃着喝着，汗珠像走错了季节，在这寒冬腊月里被辣椒从毛孔逼出来，潇洒一番，酣畅淋漓。这顿饭因为有辣椒有火盆相伴，吃得胃口大开，饭量大增。父母会给孩子盛一碗不带辣椒的菜，孩子仿佛也借着辣味，把饭吃得倍儿香。

冬夜来得早，不干什么活的话，为了省煤油，灯也休息着。夜，像黑缎子，把一家人围在一起，守着那盆火。火炭一闪一闪的，像星星。当火炭外表变成白灰了，大人用火棍把火炭从下往上翻一遍，又有新的火炭现出。火盆为我们取暖，那暖是母爱串起来的，一家人守着满盆星星，度过每一个寒冷的夜晚。

火盆在那个年代温暖了千家万户。我家头一年下乡时，家里没有火盆。后来李奶奶看我小，需要火盆取暖，就把她家的火盆端我们屋里。老爸和李奶奶相互推让，老爸只好留下几天，后来还是送还给李奶奶。每当在外边玩久了，把手冻得麻木了，我就去对面屋李奶奶家的黄泥火盆上烤手。想吃地瓜和烧土豆，都是在李奶奶家火盆里满足的。再后来，每天我从外边回来，李奶奶都叫我去她屋暖和，还给我在火盆里埋两个土豆。每当想起李奶奶慈祥的笑容，她看着我贪吃土豆的样子，然后满足地微笑着，就像那红红的火炭，我的身心就在这火炭中温暖着。

　　第二年，老爸去镇上买回一个生铁的火盆。我高兴得像小鸟欢快地叫起来。老爸把火盆装了满满一盆火炭，每块火炭都充满了爸爸的爱意。那幸福的感觉，就像见到了妈妈一样的高兴，暖意瞬间占领了屋里。

　　冬天，火盆是我最好的伙伴。屋外大雪纷飞，只能在家守着火盆。我把苞米粒或者黄豆粒，抓一把放到火盆里。不一会苞米粒、黄豆粒在火炭上爆开了，散发诱人的香味。把苕条棍掰两根，当筷子，夹住裂开嘴的苞米豆或黄豆。还得快点捡吃，时间一长就煳了。还没等熟透，我猴急地夹起来，放到嘴里，牙一咬，一股热气"吱溜"一声冒出，和舌头接了个吻，但舌头可受不了，烫得好疼，但是不耽误吃。嘴巴和小脸被烧煳了的玉米粒黄豆粒涂抹得像个花脸猫，然后默默地望着火炭，望着望着，火盆里的火炭映照得满屋红通通、热乎乎的，把寒冷和孤独关在了门外。

　　妈妈从红通通里走出来。我激动得全身热乎乎。妈妈那样美，微笑着把手伸过来，我一把抓起妈妈的手，哎哟！好疼！原来我打了个盹儿，把手伸到火盆里，手烫起了泡。

　　贫瘠的年代因有了火盆，让童年不知愁滋味的孩子，有了解馋的工具。寒冷的冬天不再寒冷——那红红的火炭，是人们心里期盼的好日子。这样的日子，终于盼来了我们今天的生活，火盆与我们告别了。但是那火盆里红通通的火炭，那是流淌在岁月里的暖，永远明亮地栖息在我们的记忆里，温暖着。

## 摇曳的煤油灯

煤油灯在五六十年代的山村，就像现在的油盐酱醋一样重要，谁家都离不开它，是家家必备的照明工具。

买现成的煤油灯，外形有玻璃罩，如腰细肚大的葫芦，上边有个蛤蟆嘴的灯头，一侧有调火苗大小的旋钮。自家有用墨水瓶做的简易煤油灯，没有玻璃罩，火苗不集中，亮度差点，外形也不太美观，但也能起到照明的作用。

村庄的煤油灯和天上的星星遥相呼应。虽然没有现代霓虹灯多姿闪烁，但当你站在高处望村庄时，那朦胧的亮光，像一个个萤火虫遍布整个山村。灯光闪着柔和的光，映在窗户纸上，那淡淡的光，穿过窗纸融入虚空。

煤油灯伴着各家的喜怒哀乐。有的吵吵闹闹，有的一家人说说笑笑，有娃娃的哭声、笑声和歌声，有着父母的唠叨和操劳。妈妈在灯下给全家人缝补衣裳、鞋袜。多少个有志青年，在灯光下学习考上大学、中专。那点点亮光是一团火苗，是爱的希望，见证孩子的成长，见证父母的恩爱。

一座房子一盏灯。也有两盏的，那时过年才舍得用另一盏。在计划经济时期，煤油按票供应，所以，就那小小的光亮也不能随便亮着。为了省灯油，有的人家在炕头墙上，开一扇方方正正的小窗，镶上玻璃把灯放在窗台上，里外屋都可以照亮。

煤油灯借着妈妈的腿，哪里需要就去哪里。泥草房里每个犄角旮旯都溜达过，就连墙角的老鼠洞都被主人照过。

孩子学习，大人寻找东西，或者母亲缝补衣裳，穿针线看不清，才把灯火调大点。一般都是模模糊糊的，特别是冬天早晚做饭，厨房烟熏火燎、蒸汽弥漫整个厨房。小小的煤油灯，如萤火虫，根本看不清一切。母亲凭感觉摸索着做饭，不时地用围裙擦拭被烟气熏的眼睛。那盏煤油灯睁着迷茫的眼睛为主人照亮，但泥草房里仍然一片朦胧。

晚间把煤油灯放在箱子盖上，或者把灯吊在房梁上，满屋充满了微弱的亮光。父母和孩子围坐炕上，中间一堆玉米棒子。大人讲古今传说故事，孩子们边听故事边搓苞米。有时眼看苞米搓完了，大人的故事也不讲了。告诉孩子要想听，明天晚上搓苞米时再讲。孩子有时搓腻了，就拿苞米粒互相打闹。有时夺过大人手里的苞米撺子，父母不放心，怕伤到孩子的手。苞米撺子是用一块硬木头中间挖个槽，镶上马蹄掌当锥子，搓苞米省时省力，还不累手。

吃完晚饭，把灯放在饭桌上，孩子趴在桌上写作业，父亲坐在离灯远点地方扒线麻，搓麻绳，母亲坐在不影响孩子学习的地方，在灯下穿针引线完成一家人一年又一年的穿衣、鞋、袜的任务。当孩子睡醒一觉，看到母亲还在灯下忙活着。那火苗疲惫地映在母亲专注慈祥的脸上，墙上刻上母亲劳累的影子。一盏煤油灯就是一位慈祥的母亲，一生不停地消耗自己的灯油，照亮家人。孩子是母亲心头的火苗，母亲用心血做灯油，燃烧她的希望和爱。当孩子走出山沟，最后只剩一盏孤灯陪伴父母，灯的火苗也没那么亮了，显得孤独寂寞。但看到孩子奔向比煤油灯更亮的地方，父母的心是那么欣慰。

生产队不开会时，老爸喜欢在灯下看小说。有时我睡一觉醒来，看到老爸还在看书。第二天我的鼻孔像有两个黑豆堵在里面。有时我和老爸抢书看，总是挨骂，大人在孩子面前从来都是有理的。煤油灯让我也喜欢临睡觉前看书，仿佛是催眠曲。

由于煤油灯烟熏，把报纸糊的墙半年熏成黄色。冬天村里的大娘婶婶们，用白纸剪成猫、公鸡、猪等动物，把眼睛等能动的地方挖出来，然后贴在另一张白纸上，用煤油灯烟熏黑，剪出外形，打开后，一个活灵活现的动物便展现在眼前。这种烟熏的画，平时也舍不得用，得等到过年时才把它贴在墙上。

一盏灯是岁月的钟表，记载着岁月的流逝，童年的身影在这微亮中长大。那里有太多美好回忆和温馨，伴着我们走过童年。煤油灯虽然没有现代节能灯那样明亮，但在我们记忆中，陪伴我们成长的那盏煤油灯，是孩子心里最明亮的灯。任何一盏灯，也比不上母亲陪伴的那盏灯。那里不但有光明，还有温暖、幸福、企盼和奔头。

每月十五，月亮如同白昼，那是村庄的节日。天上的那盏灯通宵明亮，躺在炕上的母亲，望着明月，自言自语："啥时候能有月亮那么明亮的灯就好了！"在月光的爱抚下，父母带着梦想和鼾声进入憧憬未来的梦乡……

## 散开的羊角辫

　　我记忆里没有妈妈的形象，爸，既是妈妈也是爸爸。每当我看到别人家的孩子牵着妈妈的手，或者依偎在妈妈怀里，我的眼神一直跟着人家走很远。当眼光收回来的时候，我一下感觉自己空荡荡的，就连玩的快乐也让人家的妈妈带走了。世界上有一种最美丽的声音，那便是母亲的呼唤，这美丽的声音就像别人家花园的花，我只能欣赏不能拥有。

　　当我懂事了，为了掩盖我的自卑，我早早学会自理，不让衣服有一点脏。但我很贪玩淘气，有时不小心把衣服弄脏划破了，爸爸也会给我补上板板整整的补丁，当我自己会做这一切时，我更是把自己收拾得干净利落，不让别人瞧不起。因为爸爸时常告诫我："不能让别人看出你是没妈的孩子"。这句话深深印在我心里。

　　我喜欢把头发梳成两只羊角辫，扎两个蝴蝶结，像两个秋千在头上荡来荡去一样。所以我一直都很臭美。就是这两只羊角辫，让我难为情一次，但也得到了意外的收获。

　　那年我小学三年级。有次课间操铃声响后，同学们一窝蜂往外涌，我挡住了一男生的路，他一把揪住我的小辫把我拉开就跑出去了。我散开的小辫每根头发像没有领袖的士兵，高兴地四下各自为战地飘散，时时遮挡我一侧羞红的脸。仿佛在说：从来没这么自由过。我就这样散着一条辫子，嘴巴翘得高高的，广播体操做得也不认真，感觉大家的眼神都盯着我似的，浑身像万根针扎般难受。盼课间操快点结束。课间操做完了，校长上台讲学生的仪表和卫生，并说：你们看三年级的王思雨没妈妈的孩子，衣服穿得总是那么干净整洁；头发梳得一丝不乱。这时全校师生的目光，唰！一下投向我。我下意识地用手捂住散开的头发，头低得不能再低，这时候多希望自己的个头再矮点、再矮点！委屈难为情的泪像断了线的珠子一个个滚下来……脚不停地蹭地面，就像把羞涩的泪珠蹭掉似的。我含着泪跑回教室，感觉再也没脸见人了，不敢抬头。

　　班主任上课来了。走到我面前温柔地说："王思雨今天小辫为什么散开了？"我没说话，委屈的泪再次流下来。同学们把事情经过讲一遍，老师批评了那个男生。把头绳要回来走到我面前轻声地说："王思雨别哭了，老师把小辫给你梳上"。老师用四个手指当木梳轻轻地梳理，用另一只手托着我的头发，生怕弄疼我，梳理得那样细致、那样温柔。边梳理边说："思雨的头发这么好，又黑又亮。看老师给你梳的小辫多好看啊！"老师温柔的话、温柔的手给我送来一股暖流传遍我全身，每个细胞都充满了温馨，也充满了感激。从没有过的幸福让我陶醉！我偷偷地摸摸老师的衣角，我多想扑到老师的怀里啊！这时我忘记了课间操的尴尬，还有点感激那男生。我想这就是被妈妈爱抚的感觉吧？这感觉真好。我抬头望望老师，从没发现老师原来还这么美啊！这要是妈妈该多好！老师啊！我多希望那条小辫也散开啊……

131

## 晒秋

　　秋是晒出来的。一个晒字，多么温暖！把秋天五颜六色晒成一个颜色，沉淀在一个袋子里。大地充满了被晒的味道。坐在小凳上晒太阳的奶奶，像晒干后的萝卜失去了水分，只剩慈祥；筋骨突出的手，穿引一个个的辣椒，仿佛把红红火火的日子穿起来晾晒；同时也在回忆她曾经晾晒的青春，仿佛就在昨天。

　　山里结的野果，地里长的庄稼循环往复，把整个秋天都晒出来了。辣椒挂满屋檐，像红红的灯笼照亮屋里人，给寒冷的冬天一个热辣辣的吻。最美的是红姑娘，那是女孩的最爱。它们穿着红裙子，像一群小红桃子聚在一起，窃窃私语："看，我们比红辣椒漂亮吧？"山丁子一串串缀在屋檐下，像穿起的纽扣；切割成连环套的紫茄子，挂满晒衣绳，在微风中荡着秋千；豆角丝晒成干后留着过年炒肉；土豆煮熟切成片像一个个铜钱摆满筛子、盖帘上。绿萝卜条，晒干后用酱油拌着吃，艮啾啾很有嚼头，就像嚼着幸福日子，有滋有味。地上黄豆、玉米赤裸地在秋阳下沐浴着。稻田里稻子顶着金晃晃沉甸甸的头，码成一排排。当稻子被拉回场院后，放学的孩子被父母派去，捡丢失的稻穗。

院子里晾晒的玉米黄澄澄的，吸引公鸡带着母鸡趁人不备，急速地啄几口。一旦被孩子发现，就举起棍子，嘴里喊着"呜嘶！""呜嘶！"它们张开翅膀飞跑出去。高粱穗头像一堆火把举在架子上。向日葵一生都随太阳转，只有到了秋天把晒成熟的头耷拉下来。晒干后，人们把塑料布铺在地上，拿着小棍敲打它的头部，那些大大小小的瓜子，从每个窝窝里蹦出来，终于解脱似的躺在地上，轻松起来。

　　小时候秋天放学，妈妈不会让我们疯玩。我们带着镰刀，去山上割猪草晒干，打秕糊冬天喂猪。那时家家割秋板柴火，把榛柴割倒放在山坡上晒一天，再捆起来，有的马上捆起回家码上垛，自然晒干。我们放学后也去山上割榛柴，有的榛柴上还有没长成的榛子，还带有黄绿皮，摘下扒掉外皮，拇指大小的榛子放到嘴里，用牙咬出仁来，带点甜滋滋的味道。成熟的榛子咬起来咯嘣一声，饱满的仁吃起来满口香。回家前再去寻找山梨树，幸运没被别人发现的话，就可以把满树的山梨装回家。这时的山梨正沁满酸甜，我们爬上树摇晃着，那些山梨蛋一个个噼里啪啦滚到地上。没有袋子装，把衣裳脱下包上，弟弟把裤子脱掉，把两条裤腿绑起来，成了两条袋子。装满山梨，往肩上一搭带回家。回家切成块用锅蒸一下再晒干。冬天是没有水分的季节，这些山梨干、山丁子、红姑娘，都是冬天的零食。晒秋就是在农家院里忙活着准备过冬。

　　秋，晒着粮食、蔬菜、山果，各种作物沁满阳光，带着特有的芳香充满整个村庄，鸡鸭鹅狗每天在秋阳下，也被晒得舒舒服服，欢快地唱着叫着。小虫悄悄躲在暗处偷偷地听着；小花猫睁着滴溜圆的眼睛，看着大地上的繁华。秋把五彩缤纷的万物晒在天地间，收藏在冬季。

　　秋，把我们的童年，晒成了青年、壮年。水分晒干了，变成耄耋老人。童年因为有了秋的晾晒，给贫瘠年代的我们增添了零食和换口味的菜肴，那是岁月的记载。一年一年，一秋又一秋，把日子晒得圆圆满满，有滋有味有奔头。日子是晒出来的，把每一份幸福晒干后珍藏，那就是一辈子。

## 故乡的泥草房

　　故乡的一条条小路，牵着一座座泥草房，像手牵手的兄弟姐妹围绕着父母；村外的柳树、小河，围绕着村庄，像站岗的卫士；一排排草房像一队队士兵，整齐地排列着，等待长官训话。草房的上空，袅袅升起淡淡的炊烟，像夏日的豆角秧在爬升，风吹时，又变成一朵朵雪莲，融入白云，漫游虚空去了。村庄中，不时地传出狗们的汪汪声、母鸡产完蛋的炫耀声、鸭鹅嘎嘎走向村外小河，微风旖旎着村庄，阳光温暖着故乡。

　　泥草房，冬暖夏凉。当夏天火辣辣的太阳，把你烤得汗流浃背，脚一迈到屋里，一股清凉迎面泼来，再吃上一碗高粱米过水饭，给你从内到外地凉快起来。那时的冬天特冷，有胡子的老人，从外边回来，嘴巴上的胡子挂满了霜，像一串串树挂，一进屋，一股暖流把胡子包围，然后那些树挂像投降似的，啪嗒、啪嗒地掉下来。那些小小子，冻得鼻涕流出，像两条冰溜，凝固在鼻子下边，融化后，他一哧溜又吸回去了。那个年代没有口罩，我最怕冻鼻子，每次从外边跑回家，爸说：看你的鼻子冻得像紫皮蒜。慢慢暖和了，爸又说：看你的鼻子变成白皮蒜了。

泥草房里的温暖，有热炕和火盆的功劳。当我在外边冻得浑身打战时，一进屋便不由分说，脱掉鞋，马上占领热炕头，屁股第一个享受温暖。然后把手伸向火盆，手的热量传递到全身，立刻感觉整个人都暖了起来。没有比这更美的事了。

草房最大的缺点是不防火。春天风大，一点火星从烟筒跳出，落到草房上，风一吹，火星一下变成火龙，不一会吞噬整座草房。记得有一年春天，后街老李家媳妇，把喂猪的秕糊（玉米秆、高粱头粉碎，加上玉米皮掺和一起）煮一大锅，她着急出去挖菜，趁着没起风，添一灶坑木头桦子，让锅快点烧开。她刚走不长时间，风就刮了起来。风可不管谁家灶坑有没有柴火，说来就来，就像伏天的雨。火星随着炊烟蹿出烟筒，风一吹烟升散了，火星像被风点着的炮仗，四处跳跃。草房上像洒了一层油，瞬间火浪冲天。全村人拿起盆、桶、瓢，能装水的全用上了。但杯水车薪，不到一袋烟的工夫，一座草房化为灰烬。他家媳妇哭天喊地要往火里钻，边哭边喊：我还有五元钱在包里呢！大家抱住她说，难道钱比命更重要吗？

人们每当春天要点火做饭，都出来看天空，如果有风，太阳周围有白茫茫一圈，人们叫风圈。晚上月亮周围有风圈，也说明第二天一定风大。

每到春天，村干部把"护林防火，人人有责"的木牌，从自己家开始往各家各户传。大家看到这牌子，就像军令状，都自觉不生火做饭。饿了，吃点煎饼大葱抹大酱。当防火牌传到我家时，我一溜小跑地传给下家，然后唱着歌，连蹦带跳地回家，觉得这是件好玩的事。

燕子、麻雀、蟋蟀，和我们同住一间草房，燕子在屋檐下，麻雀在山房脊处，蟋蟀在墙缝里。每天清晨我还在梦中，麻雀们就"叽叽喳喳"地把我叫起来，把晨曦唤醒，把寂静的冬天吵得热热闹闹；春夏它们和太阳比赛似的，每天都比太阳早起。蟋蟀躲在泥墙缝里吱吱地叫着，像

135

提醒人们别忘记它的存在。

春天的阳光暖暖的，柳树换上绿色衣裳，我们折下一根柳枝，把柳枝和皮分开，一头把皮再剥下一小段，就像唢呐的嘴，被我们称为"叫叫"。丫头们两个腮帮子鼓得圆圆的，一个赛一个地吹，把万物都吹醒了。燕子披着春光，往返屋檐下，忙活着衔泥垒窝。当有一天屋檐下，有叽叽喳喳的声音时，那是小燕子出壳了，等妈妈喂食呢。我便站在窗台上，不眨眼地看着这些小燕子，一个个张开小嘴，粉嘟嘟的，也像一只只小"叫叫"，等待妈妈捉虫子喂它们。每当这时，总有种思念从我心里涌出：我妈妈在哪呢？

春天，我和小伙伴，带着挖菜刀和筐来到山野间，就像蚯蚓钻到泥土里。蓬松的泥土，在我们脚下苏醒，野菜在我们刀下跳跃。春风把我们的歌声、嬉闹声，送给原野，送给小鸟、小虫，万物和它们一起唱着春天的歌谣。

一冬天吃腻了白菜，土豆萝卜，孩子们早已迫不及待地，把大地的绿色搬到饭桌上——什么小根菜、柳蒿芽、荠荠菜、婆婆丁……饭桌一下丰盛起来，仿佛把春天吃到了肚子里，每个人脸上都洋溢着春色。

夏天，爸用高粱秆给我编蝈蝈笼子，抓只蝈蝈放里边，挂在屋檐下。我采来黄瓜晃子花，从笼缝喂它。白天，蝈蝈们一个劲儿唧唧地叫，与树上的知了一唱一和。晚上青蛙呱、呱地叫，伴着萤火虫一闪一闪，给我眼睛和耳朵带来无尽的享受。

我喜欢用水和泥玩，用泥巴捏各式动物，给小人盖房子。不想玩了，就把一块块泥巴往墙上摔，"啪、啪"的摔泥声，像过年买的摔炮，特好玩。每次都弄得满身泥浆，小手、小脸被泥涂抹得像唱戏的花脸，总招老爸损道，下次照样不改。特别墙上摔的泥巴，远看就像生的疮疤。老爸命令我用小铁铲铲掉，否则别吃饭。

大一点不玩泥了，喜欢看草房檐下冒出的小草和小白花、小紫花。

我仰头看着的时候，一直仰到脖子酸疼。我默默地想，它多厉害啊，能在房子上开花。我想把花摘下，找两根架棍，用绳接一起，站在凳子上，捅小花。可是无论我用多大劲也捅不下来，它和房上的草，紧紧地抱在一起。那小花就像嫁给了小草，不肯离开。一气之下，我会把房檐上的草狠狠地乱捅几下，那草疼得龇牙咧嘴地挣扎开，像做的鸟窝。老爸发现后，会打我一巴掌，然后语重情长地说：你是女孩子，再不要这么淘气啊！

秋天，老爸挑几担黄泥，放上一段一段的稻草。我问：为啥泥里放稻草啊？老爸说：稻草与黄泥和一起不容易裂开。把泥和好，从下往上抹。够不到上边的，就踩着马架。待整个泥墙都抹完后，泥草房便换上了一层新衣裳，远看就像给房子镀上一层铂金，黄灿灿，亮闪闪。泥草房需要年年给墙抹新泥。所以，越旧的房，越冬暖夏凉。老爸头一年抹完的泥墙，像鱼鳞，每个人看到都会调侃说：城里人就是讲究，把泥墙都抹成花了。老爸干活的手艺见长，我家的墙也变得光溜了。

每一栋泥草房里，都有各自的故事。我家东头赵奶奶家，是我最喜欢去玩的地方。赵奶奶和小姑大叔大婶，处处照顾我，说我是可怜的孩子，教会我很多生活事。

我更喜欢她家窗户中间镶的玻璃，周围是窗户纸，从里能看到外边来人。太阳也能跳进来，暖暖的。那时一般家都是用纸糊窗户没有玻璃。每到秋天，买新的窗纸（那是专门糊窗户的纸，很有抻头）。抓一把白面打糨糊，我每次看到白面糊，就忍不住把舌头伸进糨糊里，舔几口。有一次把舌头烫起泡，好几天不敢大口吃饭。糨糊从外边抹在窗户框上，把纸从上往下粘贴。糨糊干燥后，再抹上油，一是不怕雨水，二是增加韧性，不容易破裂。一冬天没问题。夏天坏就坏吧，人们不在乎，夜晚也不挡窗帘，出门也不上锁。大了我才知道，窗户纸糊在外还是东北一怪呢。

赵奶奶家的大叔大婶，结婚三年没有孩子。大婶对我很偏爱，每次去她家，有人喊：你姑娘来了！她便满脸喜悦，然后，拿出给我留的那些好吃的东西。她家的被褥浆洗得透透亮亮，板板正正，叠得整整齐齐，厨房的锅盖擦得亮亮堂堂。哪怕吃剩的饭菜，咸菜酱的盘子，她都抿得齐边齐沿。受她影响，慢慢地，我也用我的小手，学做家务。第一次拆洗被褥，都是大婶带我去河边，把该洗的放到石板上，抹上肥皂用棒槌捶，然后放到河水里清洗。经过棒槌的锤炼，白被里，像脱去灰衣裳，露出真面貌。做被时，我把棉被套抱她家，铺在炕上，大婶教我怎样绗被。慢慢我变成小女人了，把家收拾得整洁利索，村里人都夸我懂事早。他们哪知道是大婶带领了我的成长。大婶经常说的一句话：女人就该把家收拾得干净利落，家就要像个家的样子，一个家就是男人的脸面！这些话影响我一生。泥草房虽然温暖，但是并不是每一个家都温暖。我家西边老李家的泥草房里，整天吵吵闹闹，丈夫对老婆孩子，张口就骂抬手就打。他家的麻雀燕子吵得都搬了家，最后只剩下吵闹了。一座泥草房就是一个故事。

晚间村庄里，星星点点摇曳的光，像萤火虫散布在各家各户。那是泥草房里的煤油灯，忽闪忽闪，柔柔的。虽然不那么明亮，但把一家人温馨地拢在一起，孩子在灯下学习，母亲缝补衣裳，父亲扒线麻，搓麻绳。

我好长时间都不适应这小小煤油灯。煤油灯太暗，就像在眼睛前方有一层雾。后来我喜欢上拨灯芯，也就喜欢上煤油灯了。那是用棉花捻的灯芯，燃烧时间长了，前边留一层灰，亮光也暗淡，用针把灰拨掉，火苗一下蹿起来，明亮闪耀。所以煤油灯旁边，都有一根针陪伴着。

老爸喜欢晚间就着煤油灯看小说。第二天早上，我的鼻孔让煤油灯烟熏得像两个黑洞。洗脸时候，用毛巾沾水抠抠，毛巾便沾上两个圆圆的黑豆。

冬天没活，是女人的天地，大姑娘小媳妇，坐满满一炕，用纸剪猪、猫、狗等动物，该挖的露出，贴在白纸上，放在油灯上熏，然后把纸分开，一个黑猫，或者猪、公鸡，活灵活现。把它贴在墙上，便有了喜气。还有把玉米秆扒开，用玉米芯拿擀面杖擀扁，剪成花瓣，染上粉红颜色，粘成一朵朵花，绑在树枝上。一大树枝，绑满数十朵花，插在瓶子里，仿佛春天提前来了。我们小孩没耐性，不愿做这个。最愿意做的事，是在炕沿上砸榛子。每家的炕沿上，都会留下好几个圆圆的小坑，那都是孩子的杰作。

要过年了，老爸上供销社，买回旧报纸糊在墙上，整个屋子焕然一新。再贴上年画，煤油灯换上红蜡烛，屋里一下亮堂喜庆起来。我兴奋得屋里屋外乱窜。因为我一冬天都盼这一天，既能有好吃的，又有新衣裳穿。即便没添新衣裳，也能换一双新袜子，或者一条扎小辫的红头绳，在小伙伴面前显摆着。

过年蜡烛的光，像青年人，充满朝气，给人们添了喜气和活力。过完年小小的煤油灯又接班了。即便休息了这么久，它还是微弱无力，像垂暮的老人。但人们仍然爱护它，离不开它。

泥巴是我童年的玩具，泥草房是我温暖的家，大地给我大自然的芬芳，煤油灯伴我学习成长。贫瘠的年代，日子过得充实，有滋有味，有奔头。虽然现在我已经脱离了与泥巴有关的一切，但泥草房、泥巴、煤油灯、泥土地，还像影子般幽幽闪现。童年的记忆，渐行渐远……

似水流年中，我把经历书写成文字，最终我也成了故事里的人。对那段旧时光的怀念，深深融入我的灵魂深处，在我心中永远不会消失。哦，我魂牵梦绕的故乡和泥草房。

# 偷

　　10岁那年和爸爸下乡，由于农活他没做过，生产队长就派爸爸看生产队甜瓜。我每次吃甜瓜，爸爸都当别人的面，把钱放在钱盒里。有人看到说老爸太认真，可是他说：你们来瓜地吃瓜可以，但自己家人不可以。所以我轻易不去甜瓜地。有次放学，几个男生把书包抢去，威胁我：你只要带我们去瓜地，我们就给你书包。我没办法，就带他们来到瓜地。这个时候，正好老爸去瓜地另一坡巡查，看不到我们这边。我们就趁机一人摘两个瓜，也不管熟没熟，摘下就跑。我当时又怕又紧张，一脚绊在瓜秧上，啪唧，摔个狗抢屎。正赶上老爸回来，看到我趴在地上，甜瓜摔成两半。我想：反正让老爸看到了，这顿打是躲不过了，我趴在地上不起来，反正死猪不怕开水烫，爱咋地咋地。甜瓜贴在我的嘴唇上，我偷偷用舌尖舔舔，还真甜，管他呢，先吃一口再说。老爸来到我面前，看我半天不说话，我也不敢动，就这样对峙着。老爸终于说话了："你还有理了，起来！"老爸又问："你们几个人？"我告诉他三个人。老爸掏出钱放在卖瓜的钱盒子里，然后说："不准再有下次！"

通过这件事，我明白，老爸虽然话不多，却用实际行动告诉我，做人要光明正大，绝不能做小偷小摸的事。

20世纪60年代初，全国闹饥荒。生产队成立食堂，吃大锅饭。老爸担当食堂管理员，我和老爸在食堂吃月伙食，所以我算幸运的，没挨饿。暑假的时候，老师带我们去生产队拔草。当时每个人肚子都没底。老师吃完饭对我说："回食堂再拿个大饼子。"我说："我爸不让。""你就说没吃饱！"老师已经这样说了，我不想让老师失望，只好慢腾腾地回到食堂。我边走边想，怎么张口要大饼子呢？进屋眼睛一扫，老爸不在，做饭的三嫂在擦锅台。我四下一瞄，看到木架子上有一大筐箩大饼子。三嫂回头叫我的小名："你回来干啥？""我没吃饱，拿大饼子。""不行啊，你爸看到会说我们的。"她边说边干活，我趁她脸转另一边，拿起大饼子放在衣服里就跑。当我把大饼子交给老师后，我才发现，自己的肚子让大饼子烫出一个红红的大印。我虽然感觉这样做不对，但老师的话得听，我能给老师做点事感到美滋滋的。挨饿年代，能理解老师，他也是人，饿的滋味不好受。

对偷的憎恨是我结婚后。一天接到老爸的信，说他最近身体不太好，我收拾一下回家看他。我当时怀孕五个月，两手拿着东西，斜挎背包，把车票和钱放在背包里排队检票。将要排到我时，我放下手里的东西，准备拿车票，一看背包被划开一个大口子，当时大脑一片空白。钱包没了，车票没了，欲哭无泪。这时站长来到我身旁，了解了情况后，看我挺着大肚子不像骗人的样子，便安慰我，并把我送上车，交代给列车长。我就这样憋一肚子气，回到家小住几天。看到老爸身体恢复健康，就急着往回返。

因有了上次被偷的教训，一路上，我格外小心。当下了火车，一出站台，看到有个老太太坐在地上痛哭流涕。一问才知道，她是来城里看女儿，女儿全家煤烟中毒，在医院抢救，钱不够，让妈带钱先给垫上。

谁知道啥时候钱包让小偷给偷去了。

　　我太理解老人的心情了。我兜里有老爸给我生孩子买营养品的钱，那都是我平时寄给他的，老爸舍不得花。此时我看到老人哭得悲恸欲绝，我的心也是酸酸的，眼也湿了。我掏出钱包，拿出老爸舍不得花的钱，心里默默地说："老爸啊，我是为你帮助别人。从小你就教育我，看到别人有困难，能帮一定要帮一把。你一定不会怪我吧。"我把老爸的钱，都给了这位老人，其他人看到后都伸出援助的手，每人都拿些钱给老人。老人又哭了，但这是感动的泪水。她马上要跪下给大家磕头，我们哪能接受这样的大礼？便把她扶起来，然后把她带到公交车上，告诉她在哪下车去医院。老人家回头望着我们，不住地说："世上还是好人多啊！"

## 我与父亲

四岁母亲离开了她，一个孩子的母爱画上了句号；父亲24岁，诀别了爱情，陪伴她的是一生的身心疼痛。父母的距离像两条轨道，一生都没和到一起。他怕女儿受委屈终身未娶。他用一双既有父爱又有母爱的手，把女儿抚养大，他融入女儿整个生命，他把全部的爱给了女儿。他一生疾病缠身，59岁离开人世，从此世上少了一个被病痛折磨的人，大地增加了一粒尘，她失去了唯一的亲人，成了庙后竹竿——独挑一个。

他，就是我可怜可敬的父亲。

翻开记忆的尘封——

### 一捧雪花儿的记忆

一个风雪交加的午后，刺骨的北风夹带着雪花，肆无忌惮地吹着，仿佛在发泄它心中难以言状的苦痛。路上行人很少，路旁的梧桐树，只剩下光秃秃的枝干,在北风中萧瑟摇摆着,树上几只乌鸦,呱呱叫着,像是在对寂寥的行人哀鸣这冬日的萧条和凄寒。一位青年男子缓缓走来,积雪、寒风令他举步维艰,他怀里抱着一个娃娃——娃娃的头包裹得很严,只露出一双黑溜溜、迷人的眼睛。

北风将雪花分割成无数的雪粒,打在脸上,似针在刺,娃娃不得不把眼睛闭上,只是短暂地闭合后,又连忙睁开,生怕错过了什么。男子抬起胳膊用大衣袖给娃娃遮挡肆虐的雪粒儿。男子的脸被风雪吹打得如紫红的萝卜,嘴唇干裂出几道血口儿,他的眉毛紧锁结成了冰,如北风般寒凉,那眼睛里透出来的忧郁,竟让人不忍直视。

他似无所觉,只是不停地行走……

终于来到站牌下,这一段看似不长的路,几乎用尽了他全身的力气,他望着来车的方向,一辆公交车驶入视野,他抱着娃娃上了车,找好座位后,解开娃娃头上的围脖,摘下帽子,用手指轻轻地梳理有点凌乱的头发,然后脱下棉大衣,抖落掉雪花,把大衣盖在娃娃身上:"雪儿,冷吗?"原来这是个漂亮的小女孩儿,小女孩儿晃晃头:"不冷,冻脚!"他马上解开自己的衣扣,把女孩儿的鞋脱掉,将小脚丫放在自己的怀里,孩子似乎感到了温暖,她甜甜地笑了!他也欣慰地咧开了嘴,那些细小的血口又大了一些,渗出的血丝在这苍白的雪日里,分外醒目……

突然,一个女人跌跌撞撞上了车,红肿的双眼急切地寻找着,当她发现了男子和孩子后,疯了似的扑过来。孩子看到妈妈疯狂的模样,吓得大哭起来,她张开稚嫩小手扑向妈妈:"妈妈,我要妈妈……"男子紧紧地将孩子抱在怀里,他用胳膊推搡着女人,不让她靠近女孩儿。女人死死地抓住椅背,一手撕巴着去拽孩子。女人的哭叫混着女孩儿的哭声,令围观的旅客动容。

这时乘务员高声喊:"马上开车了,送亲友的请下车。"男子听到喊声突然激动起来,他一手抱着孩子,另一只手拽着女人的胳膊,将她推下了车，回头告诉司机关上车门。女人急切地拍打车门，拍了几下后又连忙回身，跑到孩子座位的窗下，不停地嘶喊着："雪儿，别忘了妈妈，我会去看你的！"女孩儿的小手也在不停地拍打玻璃窗，她想抓住妈妈的手，可什么都抓不到，那车窗冰冷地隔绝了她与妈妈，她慌神了，更加无助地哭叫着："妈妈，妈妈快上车呀！我要妈妈……"

车子启动了，孩子的哭声更猛烈了！女人不停地追赶着汽车，男子侧过头，看着车窗外的女人越来越小，呼出的空气，在玻璃上结成了霜，他看女人的轮廓越来越朦胧，直到他的眼睛里都是漫天的雪，洁白，却冰冷……

生活啊，当你给了我温暖后，为什么，你要让我来品尝这接近死亡的大悲大痛呢？为什么？为什么，为什么……

北风萧萧，吹走了他心中最后那一丝生活给予他的温暖。男子在女人身上，尝到了对于爱情的绝望，为了争夺女儿的抚养权，三个月耗尽了他所有的耐心！三个月后，他在这场没有硝烟的战场中胜利后，却是带着满身的伤痛和女儿远走他乡。

女孩儿泪眼迷蒙，紧紧盯着窗外，她多希望车窗外再出现妈妈的身影，她不知道是汽车把她和妈妈分开、还是凌厉的北风和雪花把她和妈妈分开？她不知道这一别就是一生，从此妈妈两字从她幼小的字典里彻底删除。

她从落入凡间的那一刻，就与雪花儿结了缘。她，如雪花儿纯洁、美好，但也注定了与雪花儿一样，一生孤独、漂泊。

妈妈生她的时候，漫天的雪花儿飞舞，她是伴着雪花儿降生到这个世间的。她记得爸爸常常抱着她，笑着对她说，雪花是冬天的精灵儿，你就是爸妈的精灵。所以爸妈给她起名为"雪儿"。可此刻，又有谁知道，这个女孩儿多么憎恨雪花儿，在这个飘雪的冬日，她失去了妈妈……她突然觉得好冷好冷，即使在爸爸的怀里，也不能驱走寒冷——

这寒冷，已深彻入骨髓。四岁的她还不知道：此后人生，她将与父亲相伴，相依，相扶！她得到了父亲全部的爱，却再未有机会体验妈妈怀中的温暖……她就在这幸与不幸中，行走在无常的人生路上。

在雪花儿飞舞的时节，雪儿心里无法抑制、疯狂地想念着妈妈。雪花儿，化作甜美的惆怅，那是思念妈妈的泪，当雪花儿遇到了温暖，融化成的水滴儿，那水滴儿在雪儿的心里恰如妈妈的乳汁，深深地流淌在她的记忆里，温暖！甘甜！！

雪花儿，雪儿，一个以"雪"为名的故事，只是开了个头，转眼就是一生……

## 父亲的后背是我的摇篮

四岁时父亲把我从母亲怀里抱回来。从此他的肩膀，是我的坐骑；他的后背，是我的摇篮。那时候我每次睡醒觉，不管黑天白天都哭着要妈妈，父亲用他那双温柔的手，擦去我脸上的鼻涕和泪。父亲唯一哄我不哭，就是把我背起上街看光景，或者买块糖，或者糖葫芦，把我的嘴堵上。无论冬夏，白天黑夜，只要我嘴发出哭声，就像电流传到父亲的耳朵里，他马上会放下一切，在我面前一蹲，我立马趴上去。他拉着我的小手，往上一颠，然后双手拢着我的双腿，背我往外走，边走边说"我们出去玩喽"。有时外边下着雨，父亲就背我在屋里来回地走着。有时父亲举起双手把我送到他肩上，大手紧紧握着我的小手。我高高在上，仿佛一伸手就能摸到天上的白云和夕阳的晚霞，我开心地放出银铃般的笑声。他会跑几步把我颠起来，我上下起伏着，此时父亲带着喘息的笑容像灿烂的晚霞，小手和大手彼此快乐着。

只要待在父亲不太宽厚的肩膀上，把脸贴在没有多少肉的骨架上，甚至有点硌得慌，但我心情马上就好起来，哭声马上止住，换来的是撒娇的笑声和不安分地扭动。父亲会说:"老实点,再不老实把你放下啦?"但每次都没放下,我想他实在心疼我的哭声吧。

有时我会在父亲的后背睡着,那是父亲哼着小曲把我带入梦乡。我睡得安稳、香甜,像在母亲的怀里一样温暖。一次睡得实诚,一条带有温度的"小溪"从父亲的后背流淌下来。父亲怕惊醒我,不敢叫我,一直等我醒来说"你的小溪还挺热乎呢"。那时有点懂事了,知道是件不光彩的事,用双手把脸捂上不看父亲。

每次父亲背我都慢慢直起腰,我看不到他脸上的表情。有一次父亲背我起来时,我把头探出看他的脸,他咬着牙,眉头紧皱,痛苦的样子,我知道父亲的腰疼了,我马上要下来,父亲笑呵呵地说:"我活动一会就好了。"就在我探头的一瞬间,我一下明白:父亲用疼痛给我的摇篮絮着温暖、幸福,我不能让父亲再为我痛苦,我也长大了该脱离摇篮了。从此我告别了父亲的摇篮。

我六七岁时候,父亲在一工厂当会计。我住在亲属家,离父亲的工厂不远。我每天去父亲工厂院里玩,路上会遇到一"小土匪"截住我:必须给他点东西才让我过去。我每次去前都准备点东西,可是有时候我没有啥好东西给他,他就不让我走。有次我给他一个烟盒,他说不好看,不准走,我站在原地哭起来。这时正好父亲经过,急忙把我拉在怀里,擦去我脸上的泪,然后把我背起。此时我趴在父亲的后背上,感觉父亲的后背,不只是温暖的窝,还是安全的港湾。父亲说:"别怕,有爸呢,谁都别想欺负你。"我破涕而笑。用自豪的眼神望着小男孩。仿佛在说"看你还敢不敢欺负我了?我有爸爸!"父亲吓唬那小男孩:"你以后不准欺负我姑娘,你要再敢欺负她我可揍你!听见没?"那小男孩点点头走了。以后经过他家门口时,他不再要东西了,还和我说:"咱俩玩一会,你再走吧。"后来我经常和他玩,有时还把他带到父亲上班的院子里玩。那个小男孩,你是否记得童年曾经欺负过一个小女孩吗?你知道那个小

147

女孩每天为了见到爸爸，挖空心思地想给你带礼物？因为那件事，让我知道父亲是多么伟大，能让欺负我的男孩，再也不敢欺负我。

不知什么时候我的摇篮倾斜了，父亲越来越消瘦，他把体重加到我身上了，所以我的个头像秋天的玉米快速地拔节长高，体重像秧藤上的南瓜不知不觉在增加。

父亲后背只看到骨架支着，弯得像张弓，瘦得像一根旗杆，有时感觉风大能把他吹倒；又像一根没有肉的骨头，他把肉都给了女儿。那摇篮已承载不了我太多的重量，就连我的眼神放到他后背都有点下坠，但我还留恋那暖暖的后背，那是我童年唯一的港湾。

岁月把父亲催老，把我催大了；岁月把父亲的腰板压得更弯；把我的身躯扶植得更挺拔玉立。我慢慢知道，24岁的父亲为了我不受委屈，余生未娶；为了我，他承受亲属的指责和冷漠，甚至以不收留我来要挟让父亲放弃我，送还给母亲再成家，都被父亲拒绝。一气之下父亲带我下乡，去做这辈子没做过的农活。从此他扎根在泥土里长成一棵树，虽然枝叶不那么旺盛，但给我遮风挡雨足够了。

下乡后，每到夏天连雨天，生产队雨休。只有父亲舍不得休息，穿着雨衣，去五里地之外的学校接我，遇到有积水的路又像小时候那样把我背起，我手紧紧地搂着父亲的脖子，脸贴在父亲的后背，听到父亲的心在欢快地跳动，父亲的双手紧紧地扣着我的双腿，生怕我掉下来。十岁的我那时既心疼父亲，又希望路延长点。同学都羡慕我，因为没有一个父母去接孩子，只有我独享这份爱。

父爱像春雨沁润无声，绵绵悠长。

## 左手慈右手悲

我从摇篮上下来，又牵起父亲的大手，从此大手牵着小手，小手离不开大手，即便晚上睡觉，我的手也攥住父亲的手才能入睡。一次父亲受伤，手肿得像馒头，晚上睡觉我忘了他受伤的手，翻身一把抓住父亲的手，父亲咬牙忍着疼让我握一个手指，当我醒来愧疚地说："爸，疼了吧？""没关系，你已经习惯了，我怕你不攥我的手睡不着啊。"

八岁那年父亲带我去了乡下。我像被关在笼子里的小鸟，一下打开笼门飞向蓝天，看啥都新奇，看啥都兴奋，就像自由飞翔的小鸟，在蔚蓝的天空下任意飞翔。我每天像脱缰的马驹，像男孩一样疯玩，把寄养别人家受的约束全部释放出来；每天不是把小脸涂抹得像花蝴蝶；再就是玩起来忘了回家；不是衣服剐破了，就是鞋裂口了。每天脚丫不是在地上走，就是跑、蹦、跳。从此我的衣服就开始受伤，不是让树枝剐一口子，就是裤子磨破，露出圆圆的脸盘，调皮地卧在膝盖上；再就是脚丫和石头打架，脚丫失败了，鞋也保护不了它，露出大脚趾在外申述着。回家后，父亲借着煤油灯的亮光，用他那双大手笨拙地拿起针线，在煤油灯下一针一线地缝补，我不断地划破，他不断地缝补，慢慢地，他缝补的手艺越来越精进。逐渐父亲的针线活不次于那些妇女。每次看到父亲认真为我补衣裳的时候，我都下决心，明天再玩时候，一定小心，可是第二天早忘了头天晚上的决心。

再大些我学会了做饭，给父亲减轻了负担，但是碗盆受尽我的折磨，最后都让它粉身碎骨了。父亲说："明个咱家把供销社的碗盆包下吧，否则不够你摔的。"（过去农村都用泥盆）。最难忘的一件事是一年夏天我在外边正跑着玩，一小马驹挡住我的去路，我想从它身边绕过去，可是我跑它也跑，我停它也停，我想趁它不注意跑过去，突然它一尥蹶子正好踢在我鼻梁边上，眼窝下边，一阵剧痛差点昏过去，我没命地哭喊，惊动父亲跑来，他一下抱起我就往卫生所跑。我没命地哭，父亲没命地跑。大夫说还好没踢到要害，再往上一点眼睛就没了，再往下一点踢到鼻子上就得手术。现在眼睛下边鼻子旁边还留下一道浅浅的疤痕，不细看以为是一条细皱纹。那天晚上父亲怕蚊子叮咬，又怕我出汗感染，给我扇风一夜没睡觉。当我醒来看父亲正打盹，像不倒翁，手还不忘给我扇风。本来他身体就不好，这一折腾又惊吓，第二天病倒了，躺一个多礼拜才好起来。

父亲的身体越来越不好，脾气也变得坏起来。十三四岁我正有点叛逆。和父亲一起干活总是说我这个做得不对，那个做得不对。我当时虽然嘴上不顶撞，但心里是抗拒的，我一直用沉默表示不满，心里默默想：那个对我总是笑呵呵的父亲哪去了？是我变了还是父亲变了？当时很不理解父亲。父亲发火从来不骂人，哪怕一个妈字都不带，急眼了给我一拳头。有一次终于从我嘴里爆发出对他的不满。那是一次暑假做饭，我切菜不小心把手切个口血流不止，我当时没做新菜，把剩菜热一下端上来。父亲吃饭时一脸不高兴地说："满地里菜，为啥不做新菜？"我说："你没看到我把手切了？怎么做啊。"他说："都这么大了，切菜还能把手切了？你还有啥用。"我本来就委屈，他这一说，我就火了："你怎么不体谅人？就不能将就一顿？"第一次顶撞他，他二话没说，一拳头打过来。我气愤地说："就你这样的，不怪我妈和你离婚，有10个妈也让你打跑了。"突然我看到老爸的脸由红变白，手颤抖着，干枯的眼睛里雾蒙蒙，他轻轻地放下还剩半碗的饭，把脸转过去，但我感觉老爸在流泪。我第一次这么顶撞老爸，我害怕了！突然想到，如果没有爸爸，我该怎么办？我就是无家可归的孤儿。我一下清醒了，慢慢挪到老爸身边抽泣着说："爸，我错了，你别生气了，我再也不顶撞你了！"老爸抹了一把脸，拍拍我的手说："是爸不好总爱和你发脾气，以后不会了，吃饭吧！"从此他那双手再没打过我。

难忘父亲病重那一幕，经检查确诊为胃癌。我如雷轰顶！大夫说，没别的办法，只能缓解他的疼痛。想到父亲即将离去，悲从心涌。泪像苦涩的药，强忍咽到肚子里。我生命的依靠、唯一的亲人就要走了，我不舍地把父亲的手紧紧地握在我手里，生怕这双手抛下我。我轻轻地抚摸着——那里有饱经风霜留下的痕迹，那手掌上粗糙的纹路，仿佛崇山峻岭。我的小手曾经在这寻找过温暖，寻找过母爱，那里有我的童年。

父亲他是用生命呵护我长大的，为了我把自己的一生都搭进去了。养育我的恩还没报答完就要走了，让我愧疚啊。父亲最后看我的眼神，让我一生难忘——那眼里有千言万语，在那一瞬间，他艰难地说："孩子啊，这辈子让你跟我受苦了，来生我们再做父女吧，想找你妈就去找吧……"最后上眼皮和下眼皮不舍地合上了！我一个劲儿地点头，泪水像打开的闸门……此时，时间静止了！仿佛我的心也跟着停止了跳动。只有外边的风夹着雨拍打着玻璃窗，那玻璃被雨点打得疼痛不已喊叫起来。突然我疯了似的呼喊着："爸爸啊！我做您的女儿还没做够呢，您醒醒再陪我走一程吧！今生若不美好，我又何求来生？"如果可以用我一生的一切，换父亲岁月长流，我都愿意啊。回复我的是风声雨声电闪雷鸣……老天无情地把那双爱我的手带走了。风夹着雨，轰轰雷鸣，瓢泼大雨撕扯我的心肺……风走了，雨去了，大山倒了，连同父亲的大手一起带走了；山模糊，天黑了，黑得我看不见摸不到父亲的双手，我被掏空了。

想起小时候不听话的我，那双手曾经拍过我，让我记住：衣服要穿得干净整洁，不能让别人看出你像没妈的孩子，可是我玩起来一切都忘到九霄云外。今天我多希望父亲再多拍我几下啊。

有一种爱在当时无法细诉，经过岁月的沉淀，越体会越余音缭绕回味无穷，一生一世难忘，他像母爱一样的无私，永远铭记在女儿的心里。

### 父爱如山、如海，充盈天地之间

小时候父亲和我在一起时间一年就一个月，那一个月我是自由自在的，即便在亲属家，我知道他们不会对我怎样的。我会狗仗人势地快活一个月，一个月后父亲将回到工作岗位，我又孤零零寄养在别人的白眼下。每次父亲要走都嘱咐我："我走你不要哭好吗？你一哭我心里也不好受！"每次看他离去，我感觉自己像大海里漂荡的一片树叶，无依无靠。我用牙咬着嘴唇，仿佛把泪珠咬碎吞到肚里，不让父亲看到。父亲即便回头说："快回去吧！"但父亲的眼睛放到很远，从来不看我，我感到父亲的心和我是一样的。父亲的背影逐渐模糊消失了，我的泪反刍出来放肆地咀嚼着……

父亲风湿病很厉害，腿脚不太利落，平时他的手指都是卷着的，拿东西时从手指开始慢慢伸开，然后才能拿起东西。风湿让他各个关节都不能自由伸展。

我听别人讲过：伐木工人是如何地艰辛困苦——住的是帐篷，喝的是雪水，吃的是冰冷馒头，蔬菜就是黄豆粉条，海带咸菜。睡的是地铺，下半夜火灭了，人冻得缩成一团，早上起来，披上一层冰霜；白天蹚着没膝盖的雪伐木，寒冷和劳累让父亲得了一身病。原来我的父亲就是在这样的环境里工作，留下了风湿病的。但父亲从来没说过。父亲为了多挣些钱多给亲属些，让亲属对我好一点才受这样罪的。听后鼻子酸酸的，泪从酸沁到眼睛流到心里，我的心让泪腌制得好疼好疼。

记得那个贫瘠年代，家家吃代食品度饥荒。有次父亲起来做早饭，站在我头前，用手抚摸我的脸自言自语："唉，这孩子瘦多了，还这么小啊，正长身体的时候，就解一次馋吧。"其实我已经醒了，我只是装睡而已。那天早上，父亲为我做一碗纯纯的玉米面糊——那是掺些野菜可以吃两天的粮食啊！当看到那碗玉米面糊糊我恨不得一口吞下肚里，但我又舍不得这金黄的糊糊进到肚里，我想让眼睛多享受一会这金灿灿的面糊。我看到父亲碗里只有绿乎乎的野菜，我把面糊糊要给他倒些，父亲说什么也不要，我就假装生气不吃了，父亲只好说，"给我一小勺。"我快速地给父亲舀了两三勺，我才安心地喝这碗面糊糊。当时感觉世上没有比这更好吃的东西了，那是父亲自己饿着肚子，省下最香甜的玉面糊装到我缺粮食的胃里，我的胃都在感恩。

我上小学四年级，课间操父亲来到学校大门前等我。当时父亲在大队养鸡场上工。我跑出去问："爸你干啥来了？"父亲用毛巾包着的还有点烫手的鸡蛋，说："今天是你生日，我给你买几个鸡蛋煮熟了，中午吃吧。"十几年我不知道什么叫生日？在那个贫瘠年代，一般父母顾不上给孩子过生日，我更不知道还有生日这回事。当时别说我有多激动，在同学面前不知道如何显摆了。我们家离学校远，中午带饭，那顿饭我吃得好慢，让同学更多羡慕的眼神留在我的记忆里。这难忘的生日伴随我一生。一个贫瘠的年代；一个疾病缠身的男人能记住孩子的生日，在有条件下给女儿过一次生日，这生日是多珍贵啊，他将永远珍藏在我的记忆里。

父爱是一汪清泉给女儿一饮一啜，<u>丝丝缕缕爱得深远悠长</u>。

## 父亲的三个外号

父亲下乡后，有三个外号：一个叫"老蔫巴。"这个外号都是老社员叫的。他干活轻易不说话，休息坐下用纸卷根烟吸着，仿佛这就是他最大的享受。别人开玩笑，他听到后一咧嘴笑笑也不插言，从来没听过他大声笑过和大声说过话，即便和我生气也不高声骂我，而是拳头先伸过来，父亲风湿手伸不开，所以我没少挨拳头，还真不知道被巴掌打是啥感觉。

父亲的风湿病腿疼得厉害，每迈一步落下都颤抖一下，仿佛没有这抖动就迈不了下一步，就像二胡的琴弦，拨动一个音符，才能产生下一个音符。这缓冲一下大概能减轻他的疼痛吧？所以走起路来很有节奏感。

由于他这样走路颤抖，年轻人送他外号"哆嗦"。

放暑假我和社员一起去队里干活，也是为家多挣点工分。家乡是半山区，一条地垅很长，铲完一垅地，得20来分钟。每当看到一群人铲得都相差不远，只有父亲落下十几米。所以我就拼命快点铲，汗水顺着眼睛流到脸上，眼睛让汗水淹得睁不开，用手抹一下，继续拼命铲，到了地头返身再去帮父亲。一个是让他少挨点累，另一个是希望他能赶上大家，我脸上也有光彩。然而，每次他照样还是最后一个打狼的。

后来生产队长看他干活实在跟不上趟，就让他和妇女一起干活，挣的工分更少了。

这些妇女都是老弱，喂奶孩子的妈妈。她们可不管你是男的还是女的，说起笑话荤素一起来。父亲看她们说得过分，休息时候就给她们讲故事，所以她们的嘴消停耳朵竖起来了。大家听上瘾，父亲有病时，她们来看父亲在院子就喊："妇女队长病好了吗？我们都等你讲故事呢。"这样，"妇女队长"的外号又叫开了，乡亲们才知道他会讲故事。都说没有外号不发家，父亲三个外号还是穷没离身。

父亲记忆力极好，古代现代小说过目不忘，所以他有一肚子故事。平时他很少言语，只有讲起故事时滔滔不绝，绘声绘色，这都是下乡后我才发现的。

五六十年代农村没啥娱乐，冬天生产队不开会，都喜欢来我家就听父亲讲故事。什么《童林传》《三国演义》《西游记》《三侠五义》等，现代的《烈火金刚》《苦菜花》《红岩》等。当时我不喜欢来我家听故事的人，冬天关窗关门，抽烟都是自家产的烟叶，劲大，眼睛和咽喉提出反抗，呛得难受；脚丫子臭味和屁味混杂的味道让人受不了。但我只是埋怨和不满，故事照样讲，听故事的人照样来我家听。有时候大家看我实在烦了，就把我老爸请到他家去讲故事。事先烧好开水，因为我老爸不喝生水，那时候也没有茶，白开水已经不错了，一般家都喝凉水既省事又解渴。

当大家在地头闲谈时有人问父亲："你给我们讲讲你和老婆为啥离婚？"他马上拉下脸："有啥好说的！"然后沉默无语。所以他从来不讲我母亲的事，即便我看父亲心情好了，问他："爸，我妈今年多大年龄了？我长得像她吗？"他马上厉声说："去，别没事找事！"我没从父亲嘴里听到一句关于母亲的话。知道一知半解都是从亲属那里听来的。讲故事人，总有一个故事不愿意讲；听故事的人总有一个故事想听下去。

我真正懂得父亲是我去外地上学。父亲送我到山冈，一路嘱咐叮咛："出去要好好学习，别惦记我。女孩子要自爱，保护好自己，祸从口出，不该说的话不要说，只要你能读书，我拼命也供你。女人政治解放了，经济不解放，还不算真正的解放。"我一一答应着，我感觉小时候的父亲又回来了。父亲挺起倔强的骨架为我铺好人生路。

父亲转身离去的那一刻，我看到了父亲消瘦有点驼的背影，修长颤抖的双腿，迈着沉重的步子，一个小小的土包把他绊得身体前倾，摇晃两下才站稳。父亲这样的身体，太需要我在他身边照顾了。当时邻居都劝他：一个女孩家别让孩子再读书了，早点找个婆家你也能享点福。但父亲说："读书能明白事理，知识能改变命运。所以得让孩子读书。"

孤独的父亲教会我飞翔，自己再也展不开雄健的翅膀。

我结婚后把父亲接来，他每天和孙子一起玩，其乐融融。孩子上学了，他有点失落。当有一天我下班，看到楼下一群孩子围坐一起，父亲在中间。我过去问：你们干啥呢？孩子说：我们听爷爷讲故事呢。爷爷说曹操八万大军过独木桥，噔噔一个，噔噔一个……阿姨你说啥时候能过完啊？爷爷说，八万大军过完了，才能讲下一段。我说：别急，慢慢过，总有过完的时候。这个爱讲故事的人，还没忘了讲故事，这是他一生唯一的乐趣。

## 叶子对根的倾诉

我沉浸在为人母的兴奋中。望着孩子红扑扑的小脸,怎么看都可爱,我忘记了生产时的折磨和疼痛,感觉做母亲真幸福。

还有10几天满月,婆婆说:"今天外边的雪好大,像棉花桃似的往下落。"西北风刮得呼呼直响,要把天地搅翻似的。中午公公一进屋急忙抖落全身的雪。他一只手拿着沾着雪的信,一股凉气扑过来:"你的信。"

"哪来的?"

"你妈来的。"啊!寄错了吧?你怎么知道是我妈?公公说:"你看看吧"我正要撕开信封,一看信口已经拆开了。

我说:"谁把信拆开了?"

公公说:"我看了。"我一下脸就拉下了:"你知道私看别人信是犯法吗?"公公无语。婆婆:"你怎么能看人家信呢?"

我不好再说啥,把眼睛转到信上——感觉这信好沉,压了我24年的思念。我的手有点抖,心在狂跳!20几年的思念、盼望,来得这么迟?又这么突然?我一下有点蒙,仿佛在梦里。我不知道:妈是怎么找到婆婆家的？她会说什么？一定会说："妈对不起你，我的女儿，这些年让你受苦了！"一想到这些，悲从心涌。

我用颤抖的手展开信，还没看清楚信上的字，我的泪滴落在信纸上，就像雨从房檐上滴落在窗台上发出滴答滴答……

我泪眼蒙眬，不时地擦去泪眼——"雪儿：""我是通过一个来外调的人，才知道你们爷俩的消息。你八岁时我曾经找过你，但你姑姑说，不知道你们爷俩去了哪里。"接着又说：为什么离开我爸，如何受爸爸的气，在我家如何受苦受穷等。

我越看心里越不是滋味：这就是我朝思暮想的妈妈吗？她怎么一句关心我的话都没有呢？她怎么一句忏悔的话都没有？她怎么不问问我这些年是怎么过来的呢？把我对她几十年的思念，和我对她无数次想象的美好，让这封迟来的信一扫而光。我真的希望是发错的信，我甚至希望我的妈妈是农村不识字的老太太，这样我会把对妈妈的美好留在脑海里。

我看完信，沸腾的心像浇了一盆凉水，连流下的眼泪都是凉凉的，那种说不出的委屈、凄苦、失望一起涌上心头……

后半月，我每天闷闷不乐，童年的一切在脑海里一幕幕浮现……我上火了，孩子奶不够吃，婆婆四处寻下奶的偏方。婆婆埋怨："早不来信，晚不来信，偏偏坐月子时候来信找你。"

冷静后我把20几年的委屈和苦水倒出来，让她知道你的孩子是怎么长大的。我回信了：

"陌生的妈，您知道这些年我和爸怎样过来的吗？一个24岁的男人带一个四岁的孩子，那生活的苦你能想象吗？爸爸带我风里来雨里去，让我过早地品尝了生活的酸甜苦辣。爸爸为了我不受委屈，一生孤身不娶；为了养我，在伊春林业局，带着风湿病，在寒冬里伐木头，能多挣点钱给我的亲属，让我待得好些。我像游击队员，又像个流浪儿，即便爸钱给得再多，照样忍受亲属的白眼。我一年才能看见爸爸一次。最后爸爸不忍心让我受委屈，辞掉工作，带我下乡。

农活对他是陌生的，身体越来越不好。我像小大人似的照顾爸爸，那时候我上学，没有一个星期是上满的。不是爸爸病了，就是没有吃的，我要抱着磨杆推磨，即便我每次推磨都恶心头晕，趴一会还得继续推。一个12岁的孩子既要照顾经常生病的爸爸，又要支撑这个家。当我需要你给我一点点温暖的时候，你在哪里？我切菜把手切个大口子流血不止，我需要妈妈的关爱你又在哪里？当我的衣服坏了，爸爸笨拙地给我补衣裳时，你在哪里？上初中的时候，每个礼拜天从家回学校，同学们在宿舍争先恐后地汇报："这是我妈给我带的咸菜，那个说，妈妈给我炒的鸡蛋酱。"每当听到这些话我是多自卑失落。家里也有东西，但我顾不得我自己，回家就忙着给爸爸洗衣服、缝补、收拾家、给爸爸准备好一个星期吃的，又得带够我一个礼拜吃的，哪还顾得上自己。

那时候正是我青春期，想妈都快想出病来了。我写一篇作文：我的夙愿：长大后自己挣钱了一定去找妈妈……老师把这篇作文当着大家的面读给同学听，同学感动得流泪。

你走后，爸爸把我放到姑姑家。你知道姑姑重男轻女，上有四个表姐，最后生一个比我小一岁的表弟。表弟吃饼干，六岁的我眼巴巴地看着，感觉那饼干一定老好吃了。表弟吃掉的饼干渣，我用手沾上唾沫沾起来放到舌尖上，表弟耻笑我馋。但那一点点甜的感觉真好。我在姑姑的眼里，就是眼中钉肉中刺。她把对她亲弟弟的爱转变成对我的恨，因为有了我，她弟弟不再成家；因为有了我，她弟弟东奔西跑；因为有了我，给她增加了负担。

每次爸爸回来她都对爸爸说："把这丫头片子送孤儿院得了！留下她会毁你一辈子。"爸爸说："我拼死拼活把她要回来，怎么能送孤儿院呢！"姑姑看爸这样坚决，她对爸爸也没办法，所以她更加恨我。

我在姑姑家北炕住，炕不好烧也不热，我每晚都冻醒。棉被是最有母爱的，我之所以盖着棉被还冻醒，那是因为没有妈你的温暖在里边啊！由于受凉憋不住尿，经常尿炕，第二天姑姑发现了，就一顿骂，她从来不打我，都是掐我；而且是掐我大腿的内侧，那手放在我的肉上就像铁钳子，掐上肉还要拧个劲。你知道那是怎样的疼吗？我疼的时候只能眉头紧皱发出哎哟！哎呀……不敢大声哭出来，姑姑怕邻居听到所以不让我放声哭。

有几次半夜，看我又尿炕了，她就把我带到雪地上，跪下拜月亮。她教我一句，我学一句："月亮婆婆你保佑我再也不尿炕吧！"我身上只披一件棉袄，下身一丝不挂，地上的雪让我的膝盖给融化了，我冻得泪变成了冰条凝固在脸上，冻得嘴唇直打战，说不清楚再重新说一遍。月亮散发惨淡的光陪伴着我。我多希望月亮婆婆真能保佑我啊！我就不会受冻也不会挨掐，然而我照尿不误。这是我五六岁刻骨铭心的记忆！妈妈你能知道你身上掉下的肉受这般苦吗？你为什么把我带到这世界上，又把我抛到水深火热之中？

13岁那年自己学做棉裤，我把两条棉裤腿缝一起了，怎么找也找不到那条腿。邻居的大娘看到后，含着泪帮我做好棉裤。并说："可怜的孩子啊，这么小就自己做棉衣，要有妈哪能让你做这些啊！"我的鞋都是爸爸买的胶鞋和球鞋，我脚捂出脚气，烂得上不了学。我开始自己学做布鞋，打麻绳，不会往一起合，把手勒得不过血，手变成紫色的馒头。最后邻居的婶婶帮我把麻绳剪断，保住了我的手。

妈，要说的苦我几天都说不完啊……看不见的伤痕最疼，流不出的泪最冷的啊！我能说出来的苦，都不算苦了，看不见的伤害沁在我身心里，咀嚼我每一个细胞和神经，一生我都背负着这个十字架，我无法释怀。当你吃饱穿暖的时候，你是否会想到还有个女儿在苦海里挣扎？妈，您记住：将来我就是要饭吃也不会走你这条路，因为我不会让孩子没有母爱；要饭吃第一口一定给爸爸，他这一生为我付出太多太多，多得让我无法回报，这个情大于天啊！

　　妈回信了。她说："世界上什么都有陌生，只有妈妈没有陌生。别说你在我肚子里待九个月，我还抚养你四年，我怎么就成了陌生的妈妈呢？"我回信告诉她，因为我小时候走在路上看到陌生的女人，都要多看我一眼，我想：她会不会是我妈呢？因为妈妈在四岁孩子的脑海中是没印象的，任何女人都可能是我妈。我把几十年的苦和怨恨吐给妈妈后，像卸掉了重担，心里轻松了。冷静后想：有些话说得有点过，仿佛是替爸爸道出的对她的不满。我在痛苦自责中度过了孩子的满月。

## 带着乡音的小名，离我而去

　　每个孩子生下后，都有一个乳名或叫小名，伟岸说过："它是祖先的、民间的、土著的、亲情的。它既体现了事物自身的原始形象，又或者某种特征，流露人们故土和事物的亲昵和随意；也有某种寄托。"

　　过去农村孩子的小名——脾气火暴的，叫驴蛋子；重男轻女的叫丫蛋子，或叫丫头片子；生个男孩为了好养活健康长寿，起个名叫狗剩子，意思是说，狗都不吃，就剩下了。还有叫百岁子、拴柱子。东北人叫孩子小名，后边都带个子字，有点日本人的味道。南方人给孩子起小名前边都带个阿字。什么阿猫阿狗，阿珍阿娟等。所以从乳名就能看出是南方人还是北方人，地域性很强。这乳名如果不离开此地，这一生都伴随着。甚至结婚生子，老人还叫他们的乳名。我有个同学她妈妈，即便有了她，街坊邻居还叫她妈小名：臭丫头。她会说话后，也叫她妈臭丫头。后来姥爷姥姥一叫她小名，她妈就发火。好久老人才改过口不叫她小名。

　　小时候往往这些乳名也成了他们的外号，让那些调皮的男孩，拿你的乳名调侃。如我的名字有个月字，我们下乡来农村，这名算有点文化的名，我知道这些后，很为自己的名字自豪。老爸每次叫我：小月回家吃饭了。邻居的大娘，大婶就叫：小月子如何如何，给我加个子字，当时并没感觉不好。可是不知道啥时候，那些臭小子就开始喊：小月子，没满月呢？农村所说的小月子是指女人流产在家休息的时候。所以他们一叫小月子，我就哭着回家问：老爸，为什么叫我小月？让老爸给我改名。老爸当然不会给我改名，给我解释说：唐诗里春花秋月，春天花儿最美，秋天月亮最美，你看古诗词对月的描述多美，如李白的"小时不识月，呼作白玉盘。""床前明月光，疑是地上霜。"诗人用诗词把月亮赞美无数，特别秋天的月亮明亮清澈，皓月朗朗，你就是那个明月，多美啊。叫你小月，是因为月有缺有圆，你从小我们叫你秋月，后来你妈妈走了，你这月缺了再不圆满了，变成了月牙。所以叫你小月，我只好享受老爸说的那个美了。

长大后，看到这些关于月美的诗词，看到夜晚的月，就感谢老爸给我起的秋月这名字，我的性格也像月亮明朗直爽。但每次看到明夜朗朗，我心反倒有种惆怅和孤独，月，孤独地悬挂在虚空，我，孤零地行走在大地上，都是一个自己。当我忧愁伤感时，我会对着月亮倾诉，有种同病相怜之感。

到十三四岁时，那些调皮的男孩，把我的名字和班里一个叫王守才的男生连起来：月亮才出来。这样每次见到我们俩，就大声喊；月亮才出来！一个外号把我们俩连在一起，而且上下学的路上，我俩都躲得远远的。有一个特意慢点，或者快点，省得有人喊月亮才出来。一直到毕业我们没说过一句话。像这样把男女生名字连在一起，成一句话的也不算少。后来他当兵走了，我上外地上学，当他转业回来后，我也毕业了，他们家突然找人上我家提亲。理由是：我们是青梅竹马，从小就好。我说，谁说的我和他好？介绍人说：从小同学就喊你们俩月亮才出来，要不是你们好了，人家怎么给你们起外号？我说：小学我们是一个班的，但是自从那些臭小子给我们起这个外号后，我再没和他说过一句话。老人说，你们现在说也不晚啊。我真是哭笑不得，一句顽童起的外号，就能代表我们从小就好上了？从来不说话，怎么就好上了呢？可笑。

　　名字是啥？就是一个代号，一个信息，一个属于自己的，而且自己用得最少，别人用得最多的代号。只有名字是大公无私的，再自私的人也不会计较别人叫他名字。长大后的小名，父母不在了，再也听不到带着乡音亲切的称呼了。有一年回老家看叔叔，左邻右舍来看我，仍然叫我：小月回来了，自从你父亲走后再没回来过。多少年没回来了？常回来看看，我们都是你的亲人啊。多么亲切的称呼，多么熟悉的声音！一声小名带我回到童年，拉近了我们的距离。仿佛我还是那个整天就知道疯玩的丫头，可惜我永远回不去的童年，连小名也要不回来了。父母给起的小名，随着他们的离去，把小名也带走了……

## 琐忆我的小表弟

一

姑姑家有两个表姐,一个比我小一岁的表弟,是掌上明珠。姑姑给表弟买回各式各样动物饼干。他拿出来一个小猪饼干,一口就把小猪吞到嘴里,牙齿把小猪咬得嘎嘣脆响。我用舌头舔舔自己的嘴,仿佛还有香甜的味道,那一点点香甜,还是上次表弟吃饼干掉下的渣,我用手指放自己的嘴里沾点口水,然后轻轻地把弟弟的饼干渣沾起,放舌尖上。舌尖兴奋地告诉我:好甜啊!那不是糖块的甜,还有香香的。每次表弟吃饼干,我都会回味这种香甜。

小表弟一吃饼干,有意地吧嗒嘴馋我;有时特意拿一块要给我,一开始我不敢接,他的手一直举着,我忍不住饼干香甜的诱惑,我还是伸出手,马上就要够到饼干了,他突然缩回去了。然后笑嘻嘻地说:"馋死你。"后来他吃饼干,我把脸躲起来不看,这嘎嘣脆的声音总是追踪我的耳朵，我不争气的嘴巴又开始咽口水，那甜香又随着口水从我的舌头上流出。每次看到表弟胖乎乎的脸，就感觉那些小兔、小猪饼干在他的嘴里蹦跳着。

## 二

开春开始种菜了，姑姑每天让我去菜园看小鸡，怕把种下的菜籽刨出来。我从梢条篱笆缝往外卖呆：两个小丫头在前边跑，后边跟着流鼻涕的小小子。两个丫头边跑边唱："小小子坐门墩，哭着喊着要媳妇。"小小子在后边哭哭啼啼撵着。一头母猪，拖着一个大袋子似的肚子，大地托着它的肚子慢悠悠地哼哼，被爷爷用棍赶着去吃草。我想那母猪肚子里，一定有好多猪宝宝，你看它那么累，也没有丢下它的宝宝，还带它们去吃草。我想，那猪宝宝多幸福啊。

六岁的我倚在苕条围起来的篱笆上，春风轻轻地携着阳光，暖暖地吹来，把我也盖在暖里。太阳像妈妈的肚子，我无忧无虑、舒适地睡了。"啪"的一声，一只手拍在我的头上，疼得我一激灵！睁开眼睛，看到怒气冲冲的姑姑，眼睛瞪得圆圆的，"你来睡觉了？你看看，鸡进菜地把菜籽都刨出来了！"说完使劲拽我的头发，把我拉起来，狠狠地掐我的屁股，我不敢放声哭，要哭出声她会掐得更狠。我的美梦，让姑姑的巴掌给打碎了。

## 三

晚上，姑姑没让我吃饭。我躺在被窝里默默地抽泣，想起爸爸：可是爸爸只有过年才回来。

半夜醒来，饿，抓挠着空空荡荡的胃，好难受啊！我想起了表弟的饼干，就在我睡觉炕梢的炕琴里。豁出去了，顶多就是挨掐。我悄悄爬起来，轻轻打开柜门，不用费劲，就摸到饼干了，我心狂喜。它们一个个往我手里钻。我抓了两把，回到被窝，怕姑姑听到我吃饼干的嘎嘣脆声，把头蒙上，顾不得细细品味，把那些小狗、小猪……全部收进肚子去了。最后一块，我仔细摸摸，它一定是小兔兔，有两只长耳朵，我慢慢地咬掉兔子耳朵，再咬兔子腿，最后把兔兔的身体一点一点地吃掉。这些动物饼干，安静地待在我的胃里，胃安静了，我的瞌睡虫也来了。

　　我是被姑姑喊醒的，急忙爬起来穿衣裳，姑姑过来看我尿没尿炕，发现枕头旁边有饼干渣，把我拽过去，拷问起来。我低下头不说话，我怕看她的眼睛。身上让她掐得青一块紫一块，每掐一次，我眉头就皱一下，下嘴唇就咬一下，我忍着，就不哭。

　　在我六岁的心里，不知道沉默也是最大的反抗。我不哭，倒把姑姑气得脸都变色了。她牙咬得直响，这响声，可不是饼干和牙齿相碰那样好听。愤怒让她的脸变了形，我感觉她比老虎都可怕。

　　我也看过姑姑的笑脸，那就是爸爸回来的时候。爸爸把一沓钱给姑姑，姑姑的脸，就像院子里盛开的菊花。那些天，看她的嘴唇都是上翘的，脸上的横肉，也不知道躲到哪里去了，和我说话也面带笑容。

　　这件事发生以后，姑姑更是防贼一样地防着我，饼干再也不放炕琴里了。我在她眼里，也成了手脚不老实的小偷。但小表弟看到我身上被他妈妈掐得一块块青，过后他摸摸我被掐的地方："还疼吗？"我点点头，他用嘴轻轻地吹吹说："不疼了吧？""嗯"，我答应着。从此他每次吃饼干，只要姑姑不在家，他就会偷偷地给我一块。然后他用眼睛给我站岗。还告诉我："快吃！一会儿我妈该回来了。"我一下感觉小表弟对我真好。

## 四

　　天热了，姑姑要去河里洗衣裳。她端来一簸箕苞米棒子倒在炕上，对我说:"你搓苞米,明天推面和小碴子。"我默默地上炕搓苞米。表弟哭喊着,要和姑姑去河边洗衣裳,姑姑不想带他去。但表弟的哭声让她心软了。"小祖宗,别哭了,走吧。"表弟眼睛还含着眼泪,乐颠颠地拿起皮球,跟姑姑走了。

  我在家搓苞米,心里像长了草似的不安。想象着,表弟在河边往水里打皮球,然后迈到水里撵皮球,拿起球再往天上扔,哈哈……我甚至听到他的笑声。我多想也去河边玩。每搓一棒苞米,就想他能往河里丢几次皮球呢?我正想着,突然外边响起了闹哄哄的声音。怎么是姑姑大哭呢?一下涌进一屋子人,把姑姑搀扶到屋里。姑姑哭着诉说着,不该带表弟去河边。

  原来,表弟在河边上往水里打皮球,他跳进河里撵球,摔倒呛了水,等姑姑发现,抱起表弟的时候,他已经没气了。

  我听了吓得身上直发抖,像掉进了冰里。我想:没气就是死了?死了,就再也没有表弟和饼干了?我也哭起来。姑姑哭得背过了气,两个表姐回来了,也放声痛哭。

  姑姑生病了,住了好久医院,才回来。我看到变了样的姑姑,瘦得身上脸上都没肉了,眼睛也变小了,就像睡着了似的。再也没有老虎的样子了,倒像绵羊。姑姑进屋,把我拉到怀里,我一激灵!以为做啥错事了呢。她哭着说:"雪儿啊,你再没弟弟了,你以后就是小弟弟。"我默默地点头。但我心里不明白:我为什么成了小弟弟呢?姑姑把饼干拿出来放到我手里,"以后都是你的了,吃完了姑再给你买"。说完姑姑又流泪了,我也想表弟了,泪和鼻涕一起流出来。

五

  姑姑变了,过去姑姑家的东西很少借人。自从表弟没了以后,谁家有事需要，她都主动帮忙；特别是谁家孩子发烧感冒，拉肚子，姑姑知道了会把药或者偏方给拿去。自从表弟走了以后，姑姑对我说话，就像对表弟说话那样温和；就是尿炕也不骂我，掐我了。

她对我说："过去姑姑对你有点恨，那是因为我太心疼你爸，他是我弟弟啊，你爸妈当初离婚，我劝你爸，让你妈把你带走吧，他非要留下你。你看你爸东奔西跑，没个自己的家，连个老婆都不好找，不都是因为你吗？姑姑亲辈辈亲啊，打断骨头连着筋，我还得管你啊。"

"这北炕太凉了，你都六岁了不能再尿炕了。你来姑姑南炕头睡吧。"

从此，我竟然慢慢地不尿炕了。

姑姑身体越来越不好，不能上生产队干活。有两个妇女下地干活，没人给带孩子很着急，姑姑知道后，把两个孩子接家来帮带着。我吃饼干时，姑姑说："雪儿啊，给小弟小妹一块饼干好不好？""好的。"我拿饼干给他们；我知道看别人吃饼干，那种馋人的滋味。姑姑看看我笑了，但眼睛里闪着泪花。

家里有好吃的，姑姑自己舍不得吃，留给这些孩子。大家要给工钱她不要，她说："我闲着也是闲着，谁这辈子没个难处，能帮就帮一把。这几年不都是乡亲帮我安慰我，才度过难挨的日子吗？"大家都说：姑姑真变了。

往事如水，如今，好多年过去了。但小表弟和饼干，在如烟的往事里，总在不经意间跳出来。每当想起在姑姑家的童年，脑海总浮现：胖乎乎的小表弟，笑嘻嘻的小脸；低下头，用嘴轻轻地吹被姑姑掐的痕迹。然后说："不疼了吧！"那轻轻一吹，如春天的暖风，融化了我童年的孤独。仿佛那些小兔、小猪饼干还在他的嘴里蹦跳着；那嘎嘣脆声犹在耳边响起，仿佛就在昨日。我心酸酸，眼睛潮湿了。一个人的夜里，那些悠悠思念，挥不去，散不开，那是印在我心底的痕迹——表弟和动物饼干，不时地从我的记忆里打捞上来。那香甜仿佛还在我舌尖流淌；小表弟还在我身旁……

# 我的五伯父

## 一

五伯父比爸高半个头，但显得比爸高多了。从我记事起没看他留过头发，显得脑门更高，但也没遮挡住一张威严的脸，一顶黑帽子遮住了光头。深陷的大眼睛总像在寻找别人的不足。当心平气和说话时，先把手放在头上摸两下。他的脖子有点粗，听大人说，五大伯得了粗脖子病。五伯父的黑色中山服和白内衣两种颜色陪伴他一辈子。黑外衣没一点污点，内衣洗破了还是白色的，就连穿破的内裤都是白白的。一辈子不抽烟不喝酒，洁身自好。

我记忆中没见过大娘，听爸说他有老伴，让他的坏脾气给打跑了。他知道自己脾气不容人，所以再没找老伴，一生无儿无女，我顺理成章被五大伯当自己孩子疼爱。

每次五伯父回来，都带回我喜欢吃的苏联大列巴和哈尔滨红肠。看见大列巴，我兴奋地抱着像枕头大的列巴满地跑。五伯父要走之前带我上街，把一年四季的衣服都买好、做好，还得满足我的馋嘴。买布料去缝纫店做衣服时，都给人家讲一遍："这孩子可怜啊！四岁就没妈！你们把衣服做好点，我不知啥时能回来呢。"最难忘的一次是五伯父带我去饭店，问我想吃啥？我没吱声，眼睛一直盯着玻璃柜里的猪蹄，那油汪汪的猪蹄，仿佛就在我嘴里翻滚，口水流到嘴边我马上哧溜一声咽下去。五伯父看出我的意思，就买了一个最大的猪蹄，当时我记得，最大的五角钱一个，小一点的三角钱。在五十年代时，五角钱买一个猪蹄算贵的。五伯父笑眯眯地看着我吃得那个香啊，仿佛吃到他嘴里似的满足。我递给他一个蹄角他不吃，说："你解解馋吧，我走了没人会给你买的。"我吃得满嘴流油，吃完还把手舔舔。感觉这世上，没有比它再好吃的东西了。

## 二

小时候一听五大伯回来，老爸就让小侄告诉我，"快去告诉你小姑，去邻居家把手洗干净，把头发用水抹一抹，衣服有埋汰的地方用水搓干净了再回来。"我一听就知道是五大伯回来了。即便下乡了，我都十一二岁了，大伯回来，老爸也会让小伙伴通知我，"告诉她五大伯回来了。"如果他看见我哪地方不合他的要求，就没完没了损道我！那时心里特矛盾，怕他回来，又盼他回来。当时想，他咋这么多事呢？

我和他一起走路，他会说："走路不准踢啦跋拉的；吃饭不要吧嗒嘴，不准掉饭粒；吃饭不要说话，筷子别对着别人的脸；洗脸不准扑噜扑噜。"在他面前一切都要无声进行。一次我洗碗时，看饭勺上沾有饭，我用舌头把整个饭勺舔干净了。他看到后说："你以后不准添饭勺，没教养的样子！将来在婆家多让人笑话？"每次回来吃饭都让我坐他身边。可是我不愿意，不敢放开夹菜，要是我喜欢吃的，吃多了，他就会说"以后不能这么吃菜，再喜欢吃的也要适当吃。"

那时候冬天不知咋那么冷，我和男孩一样在外边打啪叽，弹玻璃球。有一次他冬天回来的，第一次看到我的小手时，在外边玩冻裂口了。晚间他用热水给我洗完，抹上蛤蜊油，并说"女孩子不能玩男孩那些东西，女孩就该有女孩的样子。"并损道老爸"你这爸咋当的，孩子手裂这大口子，你也不管？子不教父之过。这道理你不懂吗？白念书了！孩子跟你受多少苦！女孩从小不教育，长大成什么样子？"爸不敢吱声，过后我再淘气，爸也会说"你五大伯怎么教育你的？你都忘了吗？"五大伯每次回来除了检查我的手，还要从头至脚看一遍并说：

"女孩留头发一定要梳得一丝不乱，别像个疯子似的；女孩衣服要整洁，即便破了也要补上板板正正补丁，更不能埋汰；不能让人家看出你是没妈的孩子。"由于受五大伯影响，我从小就把自己收拾得干净利落，这个习惯我一直保持着。

## 三

我和老爸下乡后，他每次回来都肩背手提大包小包的，把他不用的东西都带回来。比如旧工作服洗得干干净净，撕成一块块板板正正的补丁，让我学打袼褙做鞋，或者补衣裳。因为他有工作服，他的布票用不了，买些白布带回来，并说："白布永远都有用，可以染成黑色做衣服。"五大伯看老爸哪地方做得不好，也不客气地当着我面损他，稍有解释，他会发脾气骂他这不争气的弟弟。他认为爸爸不该辞去工作带我下乡。"什么活都不会干，就来受穷来了！我就不该管你爷俩，但我还心疼孩子。"说归说，临走还是留些钱给我们。

有一天放学回来，一进家看到五大伯正穿红辣椒呢。我心怦地一跳：

"五大伯啥时回来了的？"他说"刚到家。"接着说"你们爷俩都够呛，这红辣椒放多少天了？也不穿起来呢？晚睡一会觉，该干的活也要干完。都不是过日子人！你从小不学会过日子，将来怎么嫁人？"当时我想：嫁人就像大伯那样管我？那我可不嫁人。只要晚间我们三个在一起，他就开始，不是单独损道我，就是单独批评爸，有时为了省事，我俩一起连损带骂。反正他回来一次我们爷俩就受训几天。在他面前他说的永远是对的，我们都不反驳。说就说两句吧，因为他说得再狠，临走还是留些钱给我们，这点还是让人欣慰的。我想爸也是这么想的，但我们谁都没说破。我大一点时想：他说的也有不对的，他只是按自己的处事方式来要求我们。

听说五大伯明天要走了，我就像卸下一副担子，轻松起来。可是不知道为什么，每次送他走的时候，心里有种说不出的难受。一难过眼睛就默默地流泪，我一流眼泪，他眼睛就红了："你再哭，我就不回来了！每次走你都让我心里不好受！"我只好把眼泪憋回去。

我记得他经常说的一句话"我这辈子就是刀子嘴豆腐心啊！"这句话用在他身上太恰如其分。我记得清清楚楚，有一件事让我难忘：大伯带我买衣服，在回来的路上，看见一个和我差不多大，穿得破破烂烂的男孩，一看就是要饭的。我正看他的时候，大伯也看见了。他走到孩子面前蹲下，摸着他的头轻声地问："你妈呢？""妈死了。""家还有啥人？""还有俩小妹。"爹病得起不来了，没饭吃。大伯马上进饭店买了好几个馒头，又塞给孩子两元钱。并说："快回家吧，钱拿好别丢了！"大伯站起来的时候，我看见他眼睛里满是雾水。他拉着我的手说："世上还有比你更可怜的孩子吗！"我真没想到那么严厉的眼睛里，还储存着为别人流的泪水！

亲属们因为得到他的好处，即便不喜欢他，但是他有钱舍得给大家花，也都惧怕他的坏脾气，还得好好招待他。所以背后哥嫂都叫他"五爷"只有当面叫他五大伯。

## 四

听说他在单位和领导闹意见，总说"我怕啥？出身好，没历史污点，清白一辈子！"领导违背他意愿，他认为领导整他，就上访告状。这些都是听大人说的。我虽然小，但我也知道大伯的脾气暴躁，得顺着他。发起火来不管天地。最让我难忘的一次是在叔伯哥哥家过年。当时爸和大伯都在伊春林业局当工人，由于俩人都没有自己的家，我又在叔伯哥家，所以这里就是他们哥俩投奔的地方。当然大伯和爸都不少给哥嫂钱和物。叔伯哥比爸小两岁，他的孩子比我小一岁，我也成了辈分大的小姑姑。所以只要小侄看中我手里的东西，他是非得到不可，即便我舍不得。我含着泪笑着，把我的爱物放他手里，然后躲到没人的地方，把委屈的泪流出来。因为嫂子总说："你是小姑，得让着他。"就因这大辈我流了不少金豆。大点我懂得了，即便不是大辈，我寄人篱下，一切都得听人家的啊。但大伯回来买好吃的，当我和小侄的面，特意给我多点。并说："你有妈爸关心，你以后不准欺负你小姑！"

那一年五大伯在叔伯哥家过年，三十晚上摆了一桌菜，我看得直流口水。可是大人们要给祖宗摆贡品，又点香又磕头，然后才能吃饭。我可没心思看大人轮番跪拜，我的眼睛就没离开饭桌。当大家坐好没吃几口时，我也没听见他们都说些啥话，也许听见了，但只顾嘴，耳朵被忽略了。就见五大伯气哼哼地站起来，大骂一声："你们这群浑蛋，王八蛋！"把饭桌一掀，稀里哗啦一桌菜扣在地上！饭桌把菜压得严严实实。大家吓傻了，定定站着，谁都不敢吱声。那一瞬间仿佛时间静止了！只听见大伯呼呼喘气声，和外边稀稀拉拉的鞭炮声。稍平稳了，他又开始骂起来。我们小孩吓得躲远远的，直到他骂够了往炕上一躺。嫂子悄悄地赶紧打扫，把桌子挪开，上边的搂起来放到盆里，拿外冻起来。

　　盼过年还没解馋呢，都让他给掀翻了，当时真有点恨五大伯。过后哥嫂又重新做，又给五大伯道歉，才把他哄起来吃饭。一个年三十，没放鞭炮，只有五大伯的这炮仗，把大家好心情给崩没了。这个年大家都小心翼翼，就连我们这些孩子，都不敢大声说话。这是我第一次看他发这大脾气，从此我一看到五大伯，心跳就有点加快，能躲就躲，可是只要他回来，就把我叫到面前。给我讲："没妈的女孩长大了要学会自我保护，要学会自爱，男人都不是好东西！一定要离他们远点。"我心里偷偷乐，你不是男人吗？但我可不敢说出口，那样我得到的奖赏就是一个大耳光。晚上洗完脚五大伯让我看，他的大脚趾和二脚趾前后动着"你看它在说你呢？""说我啥？""说你是可怜的孩子。大脚趾是你爸，二脚趾是我，你就是最小的那个小脚趾，大脚趾带着你，没有他就没有你，他为了你连个家都没有。长大了要好好孝敬他，你就不用管我了，因为我可怜你爷俩！我是鸡抱鸭子白操心啊。"长大了想想还真应了大伯说的话了。我没能力时候，他帮我，我有能力的时候他死了。他死了，我这恩情无法回报了，只能用文字倾诉——大伯在我的童年里，在我最孤独缺爱的时候，给了我物资和精神上的帮助和安慰，让我知道世上除了爸爸还有五大伯是我的亲人，虽然这爱有点让人畏惧，但孤独中还是多了一分温情。

## 五

　　我读农中时五大伯每次回来，都把我一年的学杂费放到老师那里，我需要就上老师那里取。我要毕业那年，他托人给我买了一台蝴蝶牌缝纫机，听说带缝纫机可进缝纫店。他认为女孩子做这个，风吹不着雨淋不着。可我是个坐不住的人，哪能做那个活啊？我和老爸没听他的话，爸说:"只要你能读书,读到啥时候我都供你。女人政治解放了,经济不解放还不算真正的解放,即便能挣钱,有文化和没文化是不一样的。"这样我又继续念中专,他老人家一气之下再不理我们了,从此一分钱没给过我。但我们一点不生大伯的气。正像爸说的"你五大伯的钱不是那么好花的,我们得受他多少损道啊!"他没读一天书,他的想法也对,但是老爸有文化,所以在这点上他们意见没有统一。我很感谢老爸在这件事上没听五大伯的。

我在外地读书听爸说,五大伯要退休时,让叔叔家的孩子接他班。我们都不知道什么事情,他和领导一直不和,退休了还去上访告状。回来时也许大脑糊涂了,也许身体不舒服,火车还没到他住的地方,就在一个小站下车。走在荒郊野外停止了呼吸。数天后被人发现报案,从他身上找到工作证,通知单位,和接班的叔伯弟弟来把他尸体处理了。

他孤独的一生,看别人毛病,看得清清楚楚。他的善良被他的坏脾气给遮盖了,坏脾气也毁了他一生。这就是我记忆中外表是冰,内心似火的五伯父。

## 孤独的苦照亮人生的路

一

邻居家姚姑姑要结婚了，头天晚上媒人和姚奶奶商量，找谁家姑娘送亲？我一听抢着大声说："我去送姚姑姑！"大人们异口同声地说："你不行，不行。""为啥？""你没妈没兄弟姐妹，是个不全的人！"我一下子像霜打的茄子，蔫了。兴奋和企盼让大人的一句话，把我的兴奋掐死，并打入无底深渊。

长这么大并不知道没妈没兄弟姐妹是残缺，是不吉利人；长这么大从来没送过姑娘当过娘家客人。这次又是对我最好的姚姑姑出嫁，自己认为是理所当然地送姚姑姑了。然而，由于自己没妈没兄弟姐妹是个独子，这一切都与自己无缘了。我咬住嘴唇，眼里蒙上一层泪花，含着难言的痛和自卑，低着头悄悄溜出东屋回到自己住的西屋。

躺在炕上，无助自卑的疼痛撕扯着我的心，从此自己没资本在小伙伴面前逞能，只能谦让地和他们玩。独子这个自卑的招牌，像一种耻辱将伴随我今生。姚姑姑一走，再也没人像姑姑那样照顾我了。

回想下乡来这里，第一个接触并对我好的人，就是住在东屋的姚姑姑，对我就像对亲人一样，有点好吃的都忘不了我。我像跟屁虫总黏着姑姑。有次去大队看电影，姚姑姑的手一刻都没离开过我的手，生怕我被挤丢找不到家。姑姑走到哪里都带着我，我就像姑姑的影子一样不离不弃。春天去采菜，别人都嫌弃我小不带我，只有姚姑姑带我上山，并告诉我哪些菜能吃，哪些菜有毒，我学会了识别山菜，并且不让我离她太远，生怕我找不到回家的路。

从此再也没有姚姑姑的关爱，再也不是姚姑姑的尾巴了，只剩下一条孤零零的尾巴无依无靠。

越想心里越难过，委屈的泪无声地流到枕头上……我咬住嘴唇不让抽泣声惊动父亲。泪伴着我进入梦乡——梦里遇到妈妈一只手牵着我，另一只手牵着弟弟，去供销社买布料准备给我俩做新衣裳，我高兴地蹦跳着，弟弟要妈妈抱着，我不让抱，妈妈要抱弟弟就不能牵我的手，我就拍了弟弟一巴掌，弟弟哭了。妈妈给我一巴掌说我不知道爱护弟弟，我流下委屈的泪。妈妈抱起弟弟就走，说不要我了，我放声地大哭起来。第二天老爸问我："昨晚做啥梦了哭得那么伤心？"我说："不知道。"没对爸爸说出梦里实情，因为爸爸从来不让提妈妈的事。此时心里有点怨恨爸爸，你们要不离婚，我家里也有爸妈兄弟姐妹，就不是残缺人，就能送出嫁的姚姑姑了。

五六十年代没搞计划生育，家家都生三四个五六个孩子，穿的衣服小的捡大的，出去玩大的带小的，父母没精力管孩子，只管上地里干活。姐姐出去玩也得背着弟弟或妹妹，有时弟弟妹妹在姐姐后背上睡着，头左右摆动，特别是跳格子，一跳一跳，孩子的头就像坐在颠簸的车上，走在坎坷不平的路上。我每次看到，好可怜那孩子，心想，幸亏我没弟弟妹妹否则也受这样的罪。我轻松自由自在地玩没有牵挂，现在想想能背着弟弟妹妹玩也是种幸福啊。

第二天姚姑姑被人接走了。看着一群大姑娘小媳妇穿得鲜亮，拥着满身红的姚姑姑，脸上是红云覆盖，闪着幸福的光，还带点不舍和难为情，我突然看到姚姑姑望一眼姚奶奶，眼里涌出了泪水。她被扶上装饰一新的马车。车上铺着红被，马脖子上绑着红花，一片红彤彤，在白雪的映衬下像一团火焰在燃烧，仿佛能把冬天燃化。我没出屋趴在窗台上，双手摸着玻璃窗。窗上的霜花横七竖八，把我的悲伤融化。我把脸紧紧贴在玻璃上把鼻子压扁了，鼻涕从压扁的鼻孔流出来，伴着抽搭的哽咽看着马车远去。一条小溪从变形的脸上顺着玻璃流到泥墙缝里，淹埋了自卑和委屈以及对姑姑的不舍。我不知道如何发泄自己内心的失落和痛苦，回转身趴在炕上让无声的泪肆意流淌！我感觉像失去了亲人般难过，我的心让姚姑姑带走了。

　　没有妈妈已经习惯了，可是一下没有了姚姑姑，心里空荡荡的难受和难言的痛苦，让我无法释怀。姚奶奶看我没出屋，来到西屋坐到我身边用手抚摸我的头哽咽地说："雪儿起来吧，我知道你心里难过。姑姑一走对你是闪一下，我也是啊！姑娘大了都得走，有一天你也得这样走啊！没让你送姑姑，这是没办法的事，咱这地方就这个规矩啊。"姚奶奶说完，眼里也沁满了泪水，我一下起来抱住姚奶奶放声哭开了。

　　通过这件事后，谁家送姑娘接媳妇，我都躲得远远的看着，不敢靠前，生怕给别人带来不吉利。

　　妈妈在我四岁离开后，我就寄人篱下，让我过早地品尝了人世间的酸甜苦辣，那是段没有童年的童年。想起小时候每当看到别人家的妈妈牵着孩子手回家时，当那个孩子用自豪得意扬扬的眼神看着我仿佛在说：哼，你有妈妈吗？这种眼神像刀子刺痛我的心，更加深了我的自卑。让我更懂得珍惜别人给我的温暖。姚姑姑走了让我失落的心一直无法平静。

二

　　从此我在小伙伴面前仿佛低人一等，甚至被欺负不敢和小伙伴吵架，大部分都默默无语。也有反抗的时候，最难忘的一次反抗是我和一个叫英子的女孩玩踢口袋，她输了不高兴地说："不和你这个骨碌杆子玩了。"（农村形容老光棍无儿无女的话）虽然她用得不恰当，但我明白她的意思。我不会骂人，脸憋得通红不知说啥好，突然我像头发怒的小狮子冲上前，自卑传到了手上，给了英子一个响亮的耳光，并把自卑也甩在她的脸上！英子脸上留下了红红的手印。我感觉是那样痛快！过后爸爸惩罚我一顿没吃饭。我一点不后悔，这是我第一次，也是一生仅有的一次和伙伴打架，但自卑孤独的阴影更深地扎根在我心里，也更激发了我向上的决心。通过这两件事，我心里有股力量在上升，我无法改变自己的身世，但要改变命运，努力学习将来走出农村，回到出生的地方。我感觉一下子自己长大了。

我是男孩性格，开朗直爽，但自尊心强，虽然自卑，但不耽误玩。我和小小子一样，敢爬树摘果子，掏鸟蛋；玩打啪叽（就是圆的纸壳上画的古代人头像）；弹玻璃球。冬天小手冻裂口子，晚上老爸用茄秧熬水给我泡手，然后抹上蛤蜊油。老爸说："你能不能玩点姑娘家的玩意啊？"一直到了十几岁以后，我才告别小小子玩的东西。

## 三

磨难是一双耐穿的鞋，因为有了这双鞋，我逐渐变得自尊、自强、自立！

这个动力鼓励我走向乡里的中学，当时村里没有第二个人去上学，一般父母认为，农中念完书也得回家，还不如早点在家挣工分帮帮家里。

爸爸是读过几天书的人，所以对我说："即便在家种地也需要有文化知识，文化人和没文化人活法不一样，为人处世也不一样，只要你能读书我就供你，读书到什么时候都不白读，天生我材必有用。"我还记住父亲的一句话："女人政治解放了，但经济不解放还不算真正的解放。"我用这两句话时刻鞭策自己。我感恩明白事理的父亲，给了我前进的动力并指明方向。

　　学校离家19里路，平时住宿，每星期六回家带口粮，星期天返校。每个星期六回家都把父亲吃的准备好，衣服洗好破了给补好，推磨推两份给父亲留一份，自己带一份，星期天下午背着口粮走十几里山路回学校。

　　这条偏僻荒野的山路很少有人走，路两旁的荒草一人多高，我每次走都提心吊胆，怕遇到坏人，又怕从路旁蹿出野兽。那条路蛇特别多，要下雨它们总是过道。我最怕蛇，每次看到都惊吓得迈不动步，出一身冷汗。我走过了三个春夏秋冬，感觉这条路是那样的漫长啊！但是我从来没有失去信心。我用脚步丈量着我的未来。

　　在学校里我是学生会干部，每天都默默地早起晚睡，努力学习工作。知道自己并不算聪明，所以学习上早起点，晚睡点，不落在别人后边。凡是吃苦的事我都抢着做，处处都比别人多出力气。

　　当时学校自己解决冬天取暖，学生自己割柴，其他同学割一捆的时候，我割二三捆，他们割10捆我已割20多捆。由于表现突出第一年入团，第二年春天，我代表学校，参加县里第六届团代会。那次会议是学习雷锋积极分子大会。当时都是社会各个单位的团干部，学雷锋积极分子，只有我是一个对社会一无所知的，十几岁的中学生。这个荣誉，在中学生时代给我留下了光荣的一页，也增强了我的自信。当我站在学校讲台上汇报会议精神时，我激动兴奋得腿发抖。那瞬间让我知道命运是可以改变的，人只要不失去方向，就不会失去自己，你不会永远是丑小鸭，也会变成白天鹅，一切要靠自己的勤奋上进，有付出才有收获，有收获才有作为，不能给社会当栋梁也要争当一砖一瓦。

　　老师的宠爱，同学的另眼相待，减轻了我的自卑，更坚定了我积极向上的决心。

　　由于我学习工作突出，毕业后被学校保送去外地读中专。从此命运之神光顾着我这个倔强的小丫头……

第四辑　与明月有约

## 明月与云朵

　　十五的月亮十六圆,仿佛是十五的月留点残缺,让十六的月来弥补。十五的月,懂得美需要分享,不能独占,所以把残缺留给自己,把圆满留给十六。

　　十六的月亮像一朵洁白的雪莲,盛开在清水涟涟的夜空上,把虚空映照得如同延续的白昼。我多想是那朵雪莲,安详、自在、纯洁、宁静。

　　我轻轻挪到窗前,捧起一缕月光,一手的柔和,沁满身心。若让我摘下满天的星辰,我愿选择明月。月,它不但清爽、明亮、神秘、无私,还让人充满向往和冥想……当月光无私地用它的清澈沐浴大地时,我的心也明亮爽朗起来。万物都静静地享受月光的爱抚,荡涤心灵的尘埃。此时我心柔柔的,爱意丝丝缕缕,我用爱把虚空和大地连接,我用意念编织一个无边无沿的圆,我在圆心,与万物同体。站在大地仰望星空,觉得星空和明月离我很近,近到了与我的心没有距离。让我有种"星垂平野阔,月涌大江流"的心境。我们从明月中体悟到,当皓月朗朗时,让我感受到月的清净、温柔、光明、平等;当月缺时让我沉思,人生如镜中之花、水中之月的虚妄和无常,没有永恒,只有不时地变幻。

　　我不知道明月和白云相遇是那样和谐。晚间的云朵很少看得清楚,在我印象中,云朵只有白天的上空才能出现。当十六的夜晚我仰望明月,天空几朵白云集聚月亮周围,不停地浮动变化各种队形,仿佛在给月亮跳舞似的。心想,云朵也喜欢圆满明亮吗?云朵,就像画家随意作画,瞬间绘成多姿多彩的图画。看:那白云堆积成一座座雪山,山上盛开一朵朵雪莲,一会聚成一片森林。羊群在牧人鞭子下漫游,那狗狗仿佛在汪汪叫着,追赶前面的母鸡似的。突然月儿朦胧了,白云给她披上洁白的婚纱,遮挡了她的娇容。那若隐若现的月儿,像待嫁的新娘,细看周围散落淡淡的红晕,仿佛是月儿羞红的脸颊。整个虚空是个明晃晃的世界。云朵如白纱巾慢慢揭开,此时的月儿格外明媚清澈。那是我从小就看到的,月亮里的吴刚饮着桂花酒,欣赏翩翩起舞的嫦娥和玉兔。它们没有变,变化的是初一和十五的月圆月缺,变化的是我逐渐成长的心。

　　云朵把月儿拥抱,当云朵打开胸怀,就像打开的河蚌,露出闪亮的珍珠。啊,好大个的珍珠!璀璨闪亮。谁够资格佩戴这么大的珍珠呢?只有大地。因为大地是万物的母亲啊!每月十五、十六都把这颗珍珠,给大地戴上,以表对大地的敬仰和感恩。虚空和大地是一虚一实的整体,谁都离不开谁的一体两相。我凝望着月亮在云朵中穿行,是云朵变换?还是月亮行走?还是我的心在变?为什么月亮躲到云朵后边,肉眼见不到月亮了,天空还是那么明亮?寒山的"吾心似秋月,碧潭清皎洁。无物堪比伦,教我如何说"似乎可解。

　　月亮的明媚,云朵的变换,把虚空捣鼓得如梦如幻。世间的事就像这变换的云朵,让我傻傻地跟着这幻景走——让我哭,让我笑,让我执着,让我的心在外流动,不肯回归自性。执着的我,在这旋涡里打转几十年。当有一天我融入虚空时,才知道原来我就在这里,这才是真的我啊!那个肉体是假的,是虚幻的。心经告诉我们:"观自在菩萨,行深般若波罗蜜多时，照见五蕴皆空，度一切苦厄，舍利子，色不异空，空不异色，色即是空，空即是色，受想行识，亦复如是。"天空的月，心中的月本来都是清澈透明的，只是后天的欲望之尘把心中的月儿污染了。

大地万物都静悄悄享受和沐浴月光的美。此情此景不常有，明年明月何处看？有多少人和物，变成一粒尘埃回归大地；有多少人病卧床榻受尽病痛折磨，无心欣赏这美景。我站在窗前，心里深深地感触思绪翩翩……

白云瞬息万变、月缺月圆，多像人生变化无常啊。生命是一场虚妄，每个人都在这场虚妄里跋涉。生活，像一条奔腾不息的洪流，我们都在这洪流里颠簸翻滚，我们如洪流中的一片树叶，一朵浪花，一粒沙尘，在寻找，在用自己的姿态纵情奔波。其实，这是另一种意义的生活。无论多优秀，无论多卑微，也无论多平凡，无论多美好，最终都将归于尘，归于宁静，归于大地。让我们在浮华的岁月里安之若素，唯愿岁月静好中现世安稳吧。

## 静夜悄语

  冬夜的雪花带着芬芳来到人们身旁,我把一朵朵雪花编织成一件洁白的婚纱,给万物披上。

  我爱冬夜的雪,如同爱虚空的明月,我心中的明月就如这雪花般精灵。雪花在夜的笼罩下显得朦胧、梦幻、纯洁、妩媚多娇。

  风吹不散的夜,手触摸不到它的身体,闻不到它的味道,只能从眼睛里流淌。夜像典雅的雾漫漫洒向大地的舞台,唱一首夜的催眠曲,抚慰着人们进入梦乡,俯瞰万物生灵睡眠的千姿百态,只有路灯闪着迷人的色彩陪伴长夜,等待春天的来临。

  而春夜正是:"更深月色半人家,北斗阑干南斗斜。今夜偏知春气暖,虫声新透绿窗纱。"春夜悄悄把春雨送来,把冰雪带走,把大地融化,蚯蚓忙碌地疏松泥土;春风把万物叫醒:起来吧孩子,该出嫁了,万物都伸伸懒腰睁开蒙眬的双眼,打开泥土的窗纱,用春雨梳洗打扮等待阳光的新郎迎娶。新郎一到:"忽如一夜春风来,千树万树梨花开。"人们都爱春天,这是充满希望、充满朝气蓬勃的季节、播种的季节,所以我更爱它。

　　夏夜给花草树木穿上夜的睡衣，把蜜汁般的露水顺着千万条叶的脉络渗透全身，如同吸饱母亲的乳汁甜甜睡下。花儿孕育花蕾，等待天明给人们绽放的惊喜！夏夜百虫争先恐后地鸣唱，完全无为地享受自己独特的歌谣，唱出生命的欢悦。这个季节如同孩子从小学到大学，每天充实地成长，等待秋的收获。

　　秋夜是多情人思绪万千的时刻："怀君属秋夜，散步咏凉天。山空松子落，幽人应未眠。"在这秋夜里，人同万物共享美好时光。

　　秋天明朗的夜，月光如同银子般洒满大地，星星如萤火虫一闪一闪跳到花草旁，窃听私语——秋夜伏在沾满雾水的高粱玉米稻谷上、伏在硕果累累的果树上；香气流淌到夜的怀里，等待果实成熟庄稼收藏。

　　无月的夜，把江河变成了画布，泼洒墨汁涂抹无图的画展；诗人抒情挥毫无言的诗篇。这无声胜有声，无形胜有形的画面，只有心有灵犀才能领悟。

　　夜进入房间悄悄地伏在餐桌，伏在被上，伏在客厅。它不怕人们鼾声打扰，不怕厨房剩菜剩饭的味道，静静地趴下。此时我闻到了夜的味道，听到了夜的声音，看到了无字的书。我融入夜的空灵，让这迷人的夜，浸润出动人的魂魄。

　　夜，静静地孕育着生命滋养着生命，如同人到中年收获了稳重、内敛、成熟。

　　夜不喜欢喧嚣，一切都在无声地交流。它的静美无与伦比，那是一首无声的诗、一幅立体的画、一场曼妙的舞蹈，需要有心人去感悟。夜给人们智慧、顿悟、美感。夜隐在时间的车轮里，从春转到夏，夏转到秋，秋转到冬。不知不觉把小伙黑发漂白发，把姑娘桃花般的脸捻出皱纹。

　　夜，它包容一切，平等对待贫贱富贵，没有偏心地把爱洒满大地，这是无私不求回报的大爱，所以它能长久。夜给人们和谐静美。社会需要和谐，人与自然需要和谐，静者无忧，和者无患。感恩夜给我们的一切……

　　夜漫过白昼的每一条路。在时间的长河里，黑夜是白昼延续的诗篇，是一首唱不完的赞歌——静夜悄语之美。

## 心灵与明月

  我偏爱明月,因为没有谁可以站在那样的高度俯视着我,诱惑着我。小时候每当月圆时,总想站在最高处伸手把月摘下,可是无论我站多高,月离我还是那么远。妈妈说:傻丫头,月不是摸的,更不是摘的,是看的。我说:为什么嫦娥姐姐可以住在月亮里边啊?为什么我摸不到它啊?妈妈说:等你长大就知道为什么了。

  这个谜一直埋在我的脑瓜里。当晚上乡村的萤火虫成群结队飞来,姐姐说:快看,那是月亮里掉下来的精灵。从此我知道了月亮里还有精灵啊!家里人多生活困难时,中秋节妈妈只买一斤月饼,让我们品尝。妈妈把每块月饼切八块,正好八口人一人一块。我站在院子里大声地喊:我家分月亮了!姐姐笑我:月亮不是你家的,你是不能分月亮的。月亮是最无私的,它把爱洒满大地分给了万物。从此我知道了月是爱的天使,不管你是贫穷还是富贵,它都一律平等对待。

  当我上学懂得多了,才知道,月,原来是没有生命的一个星球,只是文人墨客把它美化了。但我还是喜爱那柔情似水般洒满大地的月光,那月光，柔得像母亲的乳汁，纯洁得像少女的情怀。我想躺在母亲的乳汁里沐浴，躺在少女的情怀里聆听，聆听月光落地的声音……让我掬一捧月光酣然饮下，然后醉成一样的皎洁和清爽明朗。

青年时，月亮是我多愁善感的知音，心情郁闷时它是我倾诉的对象。无论童年还是青年，对于虚空中的明月，那种纯洁无瑕，那种大爱无私的普照，总是让我心生敬仰！如果每个人的心都像月亮那样纯洁该多好啊！恰如寒山所言："吾心似秋月，碧潭清皎洁。无物堪比伦，教我如何说。"

我喜爱古人对月的抒怀——月光让风穿过来，诗人便有了吟风弄月的雅兴："云破月来花弄影""暗香浮动月黄昏""月移花影约重来""一亭山色月窥人""明月松间照，清泉石上流"……那些美妙空灵淡然的月光让人心醉；望一眼便醉了千缕情丝万般柔肠，此时我醉成了一地月光。

中年的我更喜欢月亮的至柔至阴，采集月亮的精华收入我的体内，滋养我的身心。我喜爱冬天明月高悬的夜晚，脚踩着被明月映照的雪地，那空旷宁静，皓月朗朗，白雪皑皑，我的身心如这白雪，如这清爽皓月，那是一种天人合一。当雪花飘飘落下的时候，就像月亮送下来的一份份祝福："家家安康、吉祥、欢乐！"

有时在梦中我会闻到月亮的味道，听到星星的眨眼声。星星说：快起来，月亮来你家了！我睁开蒙眬的双眼，哇！月亮什么时候偷偷潜入我的卧室，窥看我不雅的睡姿，我羞红了脸颊。索性坐起，拉开窗帘透过窗纱看到：月映山川大地，万物都渗透着月光。

我回眸室内一切都沉浸在月光中——书柜里的书静静地享受月光的爱抚。窗纱帘上的图案，倒挂几枝垂柳，隐约可见诗句："绿阴未覆长堤水，金穗先迎上苑春。"下边是几株荷花和两只蜻蜓。诗曰："小荷才露尖尖角，早有蜻蜓立上头。"荷花旁有两句诗："莲香隔蒲渡，荷叶满江鲜。"荷花边上的小草在月映下仿佛随风摆动。这一切在月光下，更添诗情画意。

我更喜欢朱自清的荷塘月色："月光如水般，静静地泻在一片叶子上，薄薄轻雾浮在荷塘里。叶子荷塘仿佛在牛奶中冲洗过一样，又像笼罩轻纱的梦……"没有生命的月在他的笔下灵动曼妙静谧，此时我仿佛置身于那缥缈空灵的夜色中。

月是一首无言的诗，只有敞开心扉的人，月光才能朗照心里。心灵有明月的人，正是："山近月远觉月小，便道此山大于月；若人有眼大如天，当见山高月更阔。"此时我心里的月光和天上的月光融为一体，身心皆空灵。

我感到万物自身都有光明的自性，否则为什么我和月光这样融为一体？此时我的心也如这万物般清凉沉静。

## 夜色下，与它相遇

　　一次在外地出差，等车时，对面一排人在等红灯停，绿灯刚一闪，一只狗先从对面马路冲过来，站在等车人群中，仿佛它也准备上车似的。我想这个狗真聪明，知道红灯停，绿灯行呢。我一直注意它——满身灰突突的毛，像从垃圾堆滚过，肚子瘪瘪的，能数出突出的肋骨，一看就是只流浪狗。我在猜测：它一定是白色的毛，只是无人照顾，才变得这样灰突突的；它的妈妈也一定是无主人的狗，甚至谁是它的爸爸，它妈妈都不知道，所以它又成了下一代的流浪儿。

　　这时那狗正目不转睛地，盯住一女孩吃的香肠。那不是眼神，是一道饥饿的光，投向女孩的香肠，仿佛用它的眼光，把对面的食物，钩到它的嘴里。那眼神像没见过世面的孩子，第一次看到没吃过的食物，贪婪地、死死地盯着。黑溜溜的眼珠因看到食物而放光，嘴巴在蠕动，鼻子不停地抽动，就像能把香肠的味道吸引过来。它慢慢移到女孩身旁，女孩看到它后大声地呵斥：滚！并用尖尖的皮鞋头，狠狠地踢过去。它被踢疼了，哼哼着跑开了，但扭头时目光还留在女孩吃的香肠上。从它的眼睛可以看出，它还是条小狗，那单纯明亮的眼睛，没有一点混浊。我不忍心再看那会说话的、乞求的眼神，马上去不远处的小卖部，买了两根香肠。然后我把香肠皮扒掉，掰一小段喂它吃。这时汽车已经开走，我并不在乎，坐下一趟车回去，也耽误不了啥事。

  我慢慢地一小段一小段喂它。一开始它有所警惕，小心翼翼地，叼一块香肠，跑一边去，三下两下吞到肚里，吃完又回来。我说：你别着急，慢慢吃，今天让你吃饱。它像听懂我的话，再给香肠时不跑开了，低头吃起来。每吃一段香肠，它就抬起头，用黑溜溜的眼睛，感激似的看看我。吃完后用舌头舔舔嘴，摇摇尾巴。我说：你等着，我又去买一瓶水，倒在瓶盖上放到它嘴巴下，它用舌尖吧嗒吧嗒地舔起来。我看瓶盖太小，就倒在另个手掌上，我手半握着，存的水比瓶盖多，一直喂到它不喝了。我站起来对它说，你走吧，一会车来我也该走了。它仰起头，用那双友好的眼神望着我，一个劲地摇着尾巴。我以为它马上就会走，但它并没有走，一直陪伴我等车。路灯不知什么时候亮起来了，我抬头望望天空，有些朦胧，星星让路灯显得有些暗淡。我望穿双眼也没看到大巴车，便问小卖部老板，他说，这是小城市，大巴车六点就下班。我说出旅馆的名字，问他离这里远吗？他说不远，三四十分钟就到，你也可以打车。我当时的工资30多元，我舍不得花钱打车。

  我边走边打听住处，当我一回头，那条流浪狗还跟随在我身后，我说：你怎么跟来了？我也不住这城市啊，我不能带你。无论说啥，它就是瞪着眼睛，仿佛在说，我就跟定你了。我想它愿意跟着就跟着吧，到旅馆再说。就这样我走走停停地问路，因为方言我听不太明白，走了不少弯路。这样走了一个半小时，还没到旅馆。当我走到一个胡同时，后边突然上来个年轻男人，上前一把拽住我的背包，我一下紧张起来，拼命地抓住包包不撒手。他的另一只手不停地打我的胳膊和头。我眼睛冒金星，在躲闪时摔坐地上，我马上用双手拽住包包的带子，他用脚踢我，但我就是不放手。我这次出差就是为这东西来的,那不是钱的问题,拼死也不能丢。

眼看我的包要被他抢去,我大声地喊起来:来人啊!有人抢东西了!这里没有一人路过,我的手逐渐失去了力气,就在这时,他哎哟一声!松开了手。原来那条流浪狗,上前咬住那个抢包人的腿,我趁他低头看腿时,爬起来转身就跑。狗和我一起飞奔,一直跑到人多地方,我们才停下。我和狗都气喘吁吁,坐在一台阶上,安稳狂跳的心脏。我用手拍拍那条狗,幸亏有你,否则今天就惨了!你是不是有感应,知道我有难,你来保护我的?它像听懂我的话,安慰我似的,用舌头舔舔我的手。我正打量过路人,该向谁打听住处呢?我站起身来,一扭头,看到上方正是我住的旅馆名字!我一下心花怒放起来,恐惧和沮丧一起消失了。这时我才想起问路的时候,人家告诉我,过了胡同就是,我听成穿过胡同就是。

我迈着疲惫的脚步,走进旅馆,正好老板在看报。他问我玩这么久才回来。我把经过说一遍,他说:幸亏这条狗了。这抢劫人一定是看到你打听路,知道你是外地人,才跟上来的。最后我说:你把这条狗留下吧!他二话没说,好,这么懂事的狗,我留下了。我和老板娘给狗洗澡,洗完后的狗,白松松的毛,显得胖了,黑溜溜的眼睛,格外有精神。老板娘喜欢得一个劲地夸这狗漂亮。我放心了,它有个好的归宿。

第二天我要走了,那狗狗不住地用舌头舔我裤子。我抱起它,身上散发着洗发水的香味。我用手拍拍它,从今以后你有家了,要乖乖地听主人话呀!我把它放地下,老板和老板娘送我到门口,那狗紧紧地跟我走出门。老板娘把它抱起来,我看到了狗狗的眼里,有像水样的亮晶晶的东西流出……

## 忏悔

　　上小学三年级时，老师留作业：写给爸妈的一封信。我拿起笔，写我心中想象中的爸爸妈妈：我每天放学回到家，妈妈把我的书包接过去，给我洗手，问我饿不饿？冷不冷？然后把我鞋脱掉，把我抱到炕上，把脚伸到棉垫子里。一会热乎乎的饭菜端上来。爸爸晚上给我讲，他看的书，那些战斗英雄，一直伴着我睡熟。我在笔下享受他们给予我的爱。但回到现实，我像站在一条河岸望着对面的风景，我享受不到，只能看到同龄的孩子享受爸妈的爱。这个阴影一直笼罩着我——记忆中我像一棵小草，任风吹雨淋，让我过早地品尝了人间的酸甜苦辣，孤独地度过童年。我无法抹去童年的记忆，我只是把一切隐藏起来，但痕迹像钉子钉在板子上，即使钉子拔掉，钉子眼还在——对父母充满怨恨。

　　当我长大后，有一天看到一位 60 来岁的儿子推着轮椅，上边坐着 80 多岁的老母亲。看样子很老了。当老妈表达不清她的要求时，儿子蹲下轻轻地抚摸母亲的手："妈，您别急慢慢说。您想喝水吗？"妈妈摇摇头，"您想吃啥吗？"妈妈又摇摇头。后来母亲用手指指儿子的后背，她又笨拙地晃一下身体，儿子一下明白了。起身走到老人身后，把手伸到母亲的衣服里，轻轻地挠痒，母亲舒服地笑了。儿子回身把水杯打开倒勺里，一点一点地喂老人家，儿子用面巾纸给妈妈擦去流到嘴边的水，又给妈妈剥一瓣橘子送到母亲嘴里，妈妈的脸闪现出像孩子样的满足。看到妈妈慈祥的微笑，儿子欣慰的笑脸，我看呆了，不知是羡慕还是愧疚？我没机会给母亲做这些事。今天我看到了一个儿子对母亲所做的一切，我心像酸酸的果子，那酸酸的滋味，从我心流到嗓子又流到眼睛。虽然这声"妈妈"不是叫我，也不是我在叫，但我的心在颤抖，那声温柔的"妈妈"，让你感觉怕把妈妈惊醒；那声"妈妈"就像看到一个听话的孩子，跪在母亲面前聆听母亲的教诲；那一声轻柔、亲切的"妈妈！"让我听到了世上最感人最动听的声音。我真不知道用什么样语言，形容当时的心情。仿佛"妈妈"两个字，遍布虚空，敲击着我的灵魂。我心里羞愧忏悔！这一声"妈妈"，像一声惊雷，炸碎了我灵魂深处的怨恨，让我感到无地自容，把我沉睡几十年的心叫醒了、感动了、柔软了，流下忏悔的泪，悔恨自己的不孝。

　　醒悟的我，心里千遍万遍地呼喊："妈妈啊！"请原谅女儿几十年的不孝，原谅我心里的怨恨。我是您身上掉下的肉、是你的血肉铸就我的生命，是我无法报答的亲人；是您把我带到这世界上，我却不能侍奉报答反而怨恨；是您十月怀胎，在生死线上把我生下——您一次次地阵痛，一次次撕心裂肺地呼喊，把我叫醒，我不管不顾地奔到这大千世界；您子宫的大门让我给撞裂；您没有奶水，我仍然死死咬住您的奶头直至流血，我把它当成乳汁吸吮。我不记得你的表情，但我能感觉到，你一定咬紧牙关紧皱眉头，也没把我推开，只有妈妈为了孩子才能做出这样的牺牲啊。因为我今天也当了妈妈。

　　今天无论您在世还是离世，我都跪拜：感谢生我的妈妈您辛苦了！没有您就没有我的今天，对不起，这些年女儿没尽一点孝道，而且还怨恨。无论我们相隔天涯海角我的根始终在您的脚下，如果您离开人世，九泉下有知，请您接受我这迟来的忏悔和爱吧！如果有来世我们再做母女孝敬您吧！

## 坚守

　　立冬已过，雪花未来，但从空气中弥漫的寒意和风中的萧瑟，还是可以感到冬天的来临。

　　柳树还没有完全变黄，一枝柳条分两种颜色。柳枝，如少妇丰韵犹存，身披黄色上衣，搭配绿色紧腿裤，黄绿分明，在柳树上舞动着，频频点头，恋恋不舍地向秋天谢幕。那绿色又如迟来的爱，不肯轻易离开，在寒风中挣扎，最后被迫褪去绿色，换上黄色睡衣，离开树身，静静躺下睡去。

　　银杏树叶，像一个个小巴掌，把黄金似的叶子撒向大地，在夕阳的映照下熠熠生辉。麻雀在金黄的叶片上跳来跳去，在跳一支冬临舞曲。

　　这时，我的眼睛突然暖暖一亮，一股春味迎面扑来——满树粉红，每一片叶子，如春天盛开的樱花，又如满树的灯笼，挂满了枝头。它的粉色散发着春的味道，周围的小草挺拔翠绿，如一个太极图形状把它围绕。

　　当冬的使者——雪还没来临之际，万物都在收藏萧条的时候，它是那样鲜艳迷人，让人的眼神久久不肯离去。每个人走过它的身旁，都会留恋地张望，把爱意留在那粉色里……我突然想起苏轼的词句："似花还似非花，也无人惜从教坠。抛家傍路，思量却是，无情有思。"我想，难道它是红梅等待白雪婚纱——待嫁？不像。难道是秋走得匆忙把它落下？不能。

我想老天不会无缘无故地偏爱它吧？原来这里是地下暖气管道，它独享着这份难得的爱。

它虽不是春天，却胜似春天，它的色泽是那样顽强不肯退却。它到底为了谁甘愿受寒风的摧残，寒冷的侵袭，做最后的挣扎？我百思不得其解。

我慢慢靠近树身。还未来到树下，仿佛秋的礼物送到你的眼前，满树的果实像山里红似的，一嘟噜一嘟噜地缀满枝头，让你垂涎欲滴。然而它不是山里红。我用手把树上粉色的小东西拿到眼前细看，啊！原来那粉色就是三个粉红色花瓣包裹着的一颗种子。

那颗褐色的种子像个贪睡的孩子，躺在母亲的怀里，梦中还带着那甜蜜幸福的微笑。也许那颗种子还没有成熟，作为母亲不能离它而去，它用厚厚的粉色棉衣包裹着它的孩子，用自己的身躯遮挡着寒风，等待孩子的成熟。

这种母爱也是万物母爱的代表吧！无论低级动植物还是高级动植物，它们都是有母爱的灵性。

孩子啊！你是否知道母亲为了你，它把自身衣衫加厚，等待你的苏醒成熟，它甘愿受寒风欺辱，不肯离去？花瓣比一般的花瓣厚实，与其说是花瓣，不如说是厚厚的果皮——因为它的外观像朵花，又是娇娇嫩嫩的粉。我虽然不知道这棵树的名字，但它的粉色留在我的记忆里，母爱之情，将伴随我一冬暖暖的回忆。

万事万物都有它的规律。我不知道，当大雪来临，为了你的孩子，你还能坚守多久？

## 感恩那份爱

一

生日是什么？是妈妈的难日、父亲的喜日。那天父亲当上爸爸，感觉自己是真正的男子汉，有了责任感，所以心里美滋滋的。孩子是什么？是来凡尘体验酸甜苦辣的开始。

五六十年代，因为生活都很困难，吃饱都成问题，哪有心情给孩子过生日？即便攒几个鸡蛋还要偷偷摸摸地，卖几个零花钱买油盐。所以一般孩子都不记得自己的生日。

感谢老爸在我12岁那年，给我过一次终身难忘的生日。我当时想：人还有生日啊？因为我都寄住在别人家，爸爸即便回来也赶不上我的生日，所以我根本不知道每个人还有过生日之说。

那天我上完课间操正和同学疯闹呢，老爸在校门口喊我的名字，我跑去——"今天是你的生日，我买几个鸡蛋，你中午吃吧。"（因为老爸在大队鸡场养鸡）我激动地接过还有点烫手的鸡蛋，眼睛看着那鸡蛋，是那么亲切，仿佛这辈子第一次见到鸡蛋，心里那个美啊！我反复抚摸着，即便胃着急地要蹦出来，我也舍不得吃下，我享受这份爱……同学羡慕的眼神一直没离开我手里的鸡蛋。我把鸡蛋抚摸凉了，才舍得扒鸡蛋皮，一点点地咬开——那鸡蛋清白白的，嫩嫩的，咬到嘴里艮啾啾。蛋黄金灿灿，香喷喷，从来没觉得鸡蛋这么好吃！这几个鸡蛋吃得那样香，让我一生难以忘记。后来生活困难再没过生日，但就这一次生日，让我记一辈子，温暖一辈子。然而不孝的我，直至老爸离世，我也不知道他的生日，更别说给他过生日了。即便我有一万个理由，没关心过老爸的生日，就是我的不孝，不能原谅自己！这是我一生的愧疚！

## 二

2007年在青岛和蓝晟老师学习太极拳，正赶上我的生日。中午吃饭，我自己买一碗面条两个荷包蛋。几个老师逗我：张老师今天吃长寿面了？我说是啊，今天真的是我生日。大家都围上来，为我祝福。下午练完拳，蓝晟老师说：大家都到张老师房间，我们大家谈谈心得。在我房间老师正和我们聊着，一名老师捧着一个大大的蛋糕进来了。我一下明白老师的用意，我用感激的眼光看着老师，并对着老师深深鞠一躬。老师说：今天是张老师的生日，让我们大家共同祝贺她生日快乐！这时大家齐声喊起来，生日快乐！仿佛告诉天上的月亮，今天是地下的秋月过生日了！大家共同唱起生日歌——祝你生日快乐……此时我感动得心里热乎乎的，眼睛潮湿了。那是喜悦的泪，幸福的泪，感恩的泪。有生之年除了父亲给我过一个难忘的生日，今天在我人生步入中年的时候，有这么多人送我祝福。这迟来的爱，让我这棵无名小草，备受感动！

那一刻被爱包围着，被爱融化了孤独的心。是太极文化给我这大爱——感恩蓝晟老师！你不但传授真正的太极文化，让我身心得到健康愉悦，并让我感受到来自天南地北，众多学友的爱和祝福！有谁能享受到，来自四面八方的祝福呢！这难得的祝福，怎能让人忘怀呢？那天晚上除了感动就是笑声不断，感动得月亮也不舍离去，一直陪伴着我们，把朗朗的光辉送给每一个人。

老师小声地告诉我，把奶油给每人脸上抹点，让他们沾点喜气。于是，我拿着蛋糕，从左来到李老师面前，他60多岁，是一名部队转业的指导员，很严肃不轻易说笑话。我对着李老师耳旁：李老师我告诉你一件事，他把头歪过来，我趁机把奶油抹他一脸。大家哄堂大笑！李老师也笑了，笑得是那样的开心。每个人一个没落地被抹上奶油。笑够了，蓝晟老师说：张老师的名字很好，秋月，秋天的月亮，明亮爽朗，让我想到了'明月松间照，清泉石上流'的意境。月亮光明，平等普照，无私、温柔、清朗、圆满，就像我们学的太极，圆圆的，内外明亮，无内无外天地间，祝愿她像月亮明朗圆满。大家响起了雷鸣般的掌声……这是难忘的一次生日，100多人的祝福，每当想起还温暖如新。

## 三

两年前的生日又一次让我感动难忘。在朱老师群里——都报上自己的出生年月日。所以每个群员过生日，老师和同学都送祝福。我生日那天，朱老师亲自给我唱一首：祝你生日快乐！那深情的歌声，感动得我不知说啥好，热泪不自觉地流下来……不是我这人善感，而是老师那么忙，想到你的生日，那祝福飘过千山万水来到我的身旁，像一股清泉流入我的心田，滋润那颗孤独的心，是那么亲切、那么温暖。那不是金钱能买来的祝福啊！

## 四

今年的生日，正赶上晚间和朋友聚会，吃完饭后走出饭店，我告诉一个好友，今天正是我的生日。她一听马上带大家又来到一烧烤店，接着她站在凳子上，高声祝福：今晚我们温一壶月光下的酒，祝姐姐生日快乐！大家喝啤酒互相碰杯，兴奋地唱着，跳着，把天上的星星吵得都要下来和我们一起玩耍；月亮羡慕地把光辉洒满大地，让明亮把快乐送给每一个人。

在这月圆圆，星密眨眼的夜晚，天上地下共联欢；星星互相传递着快乐。这些老小顽童玩疯了！那天晚上是我半生笑得最多、最放肆的一次。大家荤的话、文明的话不断，笑得我大脑快缺氧了，肚子都笑疼了。仿佛把前半辈子的笑都补上。难忘的是朋友的情谊，是那欢声笑语不断，一个难忘的夜晚，一个难忘的生日。我的肚里胀胀的，因为装满了快乐和温暖。

感恩母亲在秋高气爽，明月朗朗时把我送到人间，享受到人与自然和谐的美；感恩父亲，送我秋月这名字，让我的心像月亮般明朗清澈。

难忘今宵，今宵难忘！感恩这份爱，温暖一生。

## "孺子驴"

人的脸形若是有点长，便有人说：长个驴脸；喊得声音大了，说：像驴叫；脾气不好的，说他是驴脾气；哪个人笨，会说：你个蠢驴。驴呢，不外乎一张黑皮，灰皮，外观给人印象不是很美，但也不能把驴贬得一无是处吧。自己为人类毕竟做过贡献，怎么不好的都算到驴身上了呢？

东北的驴子长的小，在场面上拉大马车，它是沾不上边的，其他的更是上不了台面，但拉个小车总比人强多了。它最擅长的是拉磨，可是它有时不争气，一上套不是拉屎就是撒尿，有时趁人不注意，头一歪抢吃一口磨盘上的粮食。被人发现后，照屁股踢一脚，骂道："让你偷嘴吃！"也得理解它，谁见到好吃的不馋啊？人家还没歇够呢就让干活，也就撒泡尿拉点屎，还能歇一会。驴有犟脾气，你想踢它的时候，一定要站在侧面，以防它发起脾气尥蹶子踢到你。

"磨盘推日月，磨道绕春秋"。在那个没有机器磨米的年代，骂归骂，打归打，有头驴拉磨总比自己拉磨好，拉点柴火也比自己出力气强。但是人呢，对它可是不客气。拉磨前，防备它偷嘴，把它眼睛蒙上。它也不满意这个黑咕隆咚的眼罩，便很不配合地把头甩开。唯一的反抗，就是把腿一叉开，哗哗一泡尿，落到地上泛起白沫，有时会溅到主人的裤子上。尿臊味从地上蹿起。或者它把尾巴一翘拉起粪蛋，冒着热腾腾的气，混合着尿臊味从地上直冲鼻孔。只要在磨旁边你是躲不过这味道的。人们会骂它："该死的，真是懒驴上套屎尿多。"主人用铁锹把屎蛋撮掉。如果只是尿，主人拿铁锹从灶坑撮一锹小灰，把尿盖上。然后吼一声："驾！"驴就开始转圈的旅程了。驴子的蹄声很有节奏，咯噔，咯噔，在驴道上，这无休止的咯噔，将陪伴它一生。在那黑咕隆咚的世界里，它只是往前走，它不知道走的目的地是哪里？四只蹄子不停地，机械地嗒嗒走下去。因为不走，有棍子在等它。

有时候转累了，它也偷懒，脚步会慢下来。一般看守驴拉磨，都是家里的女人，磨砣上满满的粮食，像堆沙丘顺着磨眼塌下去。有时邻居女人来串门和主人聊天，张家的媳妇和婆婆吵起来，李家的姑娘啥时候要出嫁了。主人聊着，驴的耳朵听着，嗒嗒的声音变得不紧凑了，也不那么有力了。女主人便会马上拿小棍照着它屁股一棍子。小驴马上颠颠地小跑起来。小时候我看到驴拉磨蒙上眼睛，就说：别给戴蒙眼了多可怜。大人说："它生下来就是干这个的，你可怜它，你来替它拉磨？还不用蒙眼。"说完哈哈大笑，我嘴巴一噘，"哼，不和你说了。"然后跑出去了。

在豆腐房拉磨的驴，它会享受到喝豆腐浆水，吃豆渣的待遇。这是幸运的驴。驴最高兴的时候，是干完一天活，主人把蒙眼拿掉，放到院子里。它嗷——嗷——地欢唱，虽然我们认为调子不太好听，它可不这样认为，它自鸣得意地高歌几声后，躺在地上打起了滚，土地给它挠起了痒痒，舒服极了。它站起来抖落抖落身上的土，把身上的劳累也一起抖落掉了。然后愉悦地迈着小碎步，被主人带到棚圈里吃起草料来，这一天劳作就结束了。

当今一切都机械化，那被骂被打的拉磨的驴，也逐渐消失了，取而代之的是，人们又要吃它的肉。说什么天上的龙肉，地下的驴肉。总归它没逃过被人利用的命运。人们利用驴为自己服务，为饱口福，而又杀了它，吃到肚子里。它的祖先要知道今天驴的命运，它还真庆幸自己生在拉磨的年代，起码还留条命多活几天。其实人身上也有驴的特性，比如，能干的女人，会说：这个女人像他妈驴一样能干。有人形容女人穿带铁掌的高跟鞋，走在马路上咯噔咯噔，说：走路的声音像头小毛驴。

其实驴是性情比较温和，吃苦耐劳，听从使役的。不管睁眼闭眼，只要主人一声令下就无怨无悔地干活。人是不是也该有点驴的吃苦耐劳，任劳任怨精神呢？是驴也好，是马也罢，似乎这些都不重要，生命都该珍惜善待才最重要。而且有好多人默默无闻地做事，如那些在马路清扫的环卫工人，他们一年穿不上华丽衣裳，只有一把扫帚，无论严寒冬夏，默默地清洁路上的垃圾，给我们创造美好的环境。还真有"孺子驴"的精神。

# 后记

《岁月静美　端坐如莲》一书出版了，我既有惊喜，也有丑媳妇怕见公婆的羞涩和忐忑不安！本书写的大部分，是我个人的成长经历。这里充满酸甜苦辣，因为有了苦痛的煎熬，才有了人生的感悟；有了磨难的锤炼才让我懂得了感恩。

我作为初学者，走向文学殿堂，要感谢的人太多，把我扶持走到今天最该感谢的是王波老师！没有他的鼓励和督促，就没有今天的《岁月静美　端坐如莲》的诞生。是他培植了我这株野百合，在最美的春天里绽放；是他把我带到文学的海洋，并鼓励我写作。第一篇处女作《散开的羊角辫》一文，就得到王波老师的肯定和鼓励。从此，在王波老师的督促下，一发不可收地、执着地走到了今天。

王波老师是一位身兼数职的编辑（曾任职多家杂志社任总编助理、副总编辑，现供职于北京一家杂志社。《新华书目报》《世界文化》杂志聘为专栏作家。）在这么繁忙的工作之余，还能不时地督促我写作，不厌其烦地帮我审阅稿件，而且又不收一分钱。在今天以经济为基础的名利社会，不以金钱为基础的付出，当今还有几个？所以我对他的品行不但是感动，而且是感恩和学习，他那种高风亮节，正直善良，东北人的豪爽气魄都是值得我一生学习的。

曾经在《做人与处世》任编辑的袁恒雷老师，我也得到过他的无私帮助。他帮我修改稿件，并亲自帮我向报刊、杂志投稿，使我的作品陆续在国家和省级刊物发表了十几篇，这对我的写作又是一次鼓励。

在文学路上，我又遇到了朱成玉老师。我非常喜爱他写的美文，为了更进一步学习，我参加了朱老师的金手指学习班，我得到更大的收获。在他身上我不但学到了文学，更学到了做人。在他的网络平台上我发表过不少篇文章，都得到朱老师的指点，使我在文学这条路上，又迈上了一个新台阶。

《岁月静美　端坐如莲》一书面世，要感谢吉林省集安市作协副主席宋月航老师，是他的鼓励，帮助，我才敢把自己的拙作拿出来；更感谢吉林省集安市作协秘书长高云阁老师，整本书都是她帮助我整理、编排等各项事宜，她就像对待自己的事业，认认真真去做，让我非常感动。没有宋月航老师的鼓励，没有高云阁老师的帮忙，就没有今天这本书的出版。

在文学这条路上，还要感谢贾永芳、张立杰老师，带我进入集安市作协，让结识了宋月航、高云阁、于景兰、张玲、杨海峰、孙秀利、张秀娟、于立峰、王国君、王汝德等良师益友，得到他们的鼓励、帮助、指导，在此一并致谢！因为有你们无私相助，才有我创作丰硕的今天。

正像王波老师说的："文学的路无边，前面的路很远。文学是基础，作家是杂家，得学习熟悉历史、地域、民俗、民风、民族……真正的较量在思想上。"

我的文字还很稚嫩，我的语言还需要精练，我的作品还有待提升。我自信：这株野百合在经历了风霜雪雨后，仍然会在"夕阳"下继续绽放……